戦国ベースボール

信長の野球

りょくち真太・作
トリバタケハルノブ・絵

集英社みらい文庫

桶狭間《おけはざま》ファルコンズ OKEHAZAMA Falcons

2番《ばん》・センター
秘技《ひぎ》おみくじ打法《だほう》
島《しま》津《づ》義《よし》久《ひさ》
おみくじ
3番《ばん》・ショート
折《お》れないチームプレー
毛《もう》利《り》元《もと》就《なり》
5番《ばん》・セカンド
十文字《じゅうもんじ》槍《やり》の名手《めいしゅ》
真《さな》田《だ》幸《ゆき》村《むら》
7番《ばん》・レフト
最強《さいきょう》のかぶき者《もの》
前《まえ》田《だ》慶《けい》次《じ》
8番《ばん》・サード
すて身《み》の独眼竜《どくがんりゅう》
伊《だ》達《て》政《まさ》宗《むね》
6番《ばん》・キャッチャー
粘《ねば》りの名人《めいじん》
徳《とく》川《がわ》家《いえ》康《やす》

川中島《かわなかじま》サンダース Kawanakajima Thunders

愛
6番《ばん》・サード
野球愛《やきゅうラブ》
直《なお》江《え》兼《かね》続《つぐ》
1番《ばん》・センター
小技《こわざ》のスペシャリスト
松《まつ》永《なが》久《ひさ》秀《ひで》
5番《ばん》・レフト
華麗《かれい》なる一族《いちぞく》のセンス
今《いま》川《がわ》義《よし》元《もと》
3番《ばん》・ショート
魂《たましい》のリベンジャー
明《あけ》智《ち》光《みつ》秀《ひで》
2番《ばん》・セカンド
頭脳《ずのう》プレーの申《もう》し子《ご》
山《やま》本《もと》勘《かん》助《すけ》
8番《ばん》・ファースト
心《こころ》やさしき鉄人《てつじん》アニキ
真《さな》田《だ》信《のぶ》之《ゆき》

戦国《せんごく》ベースボール

SENGOKU-BASEBALL

信長《のぶなが》の野球《やきゅう》

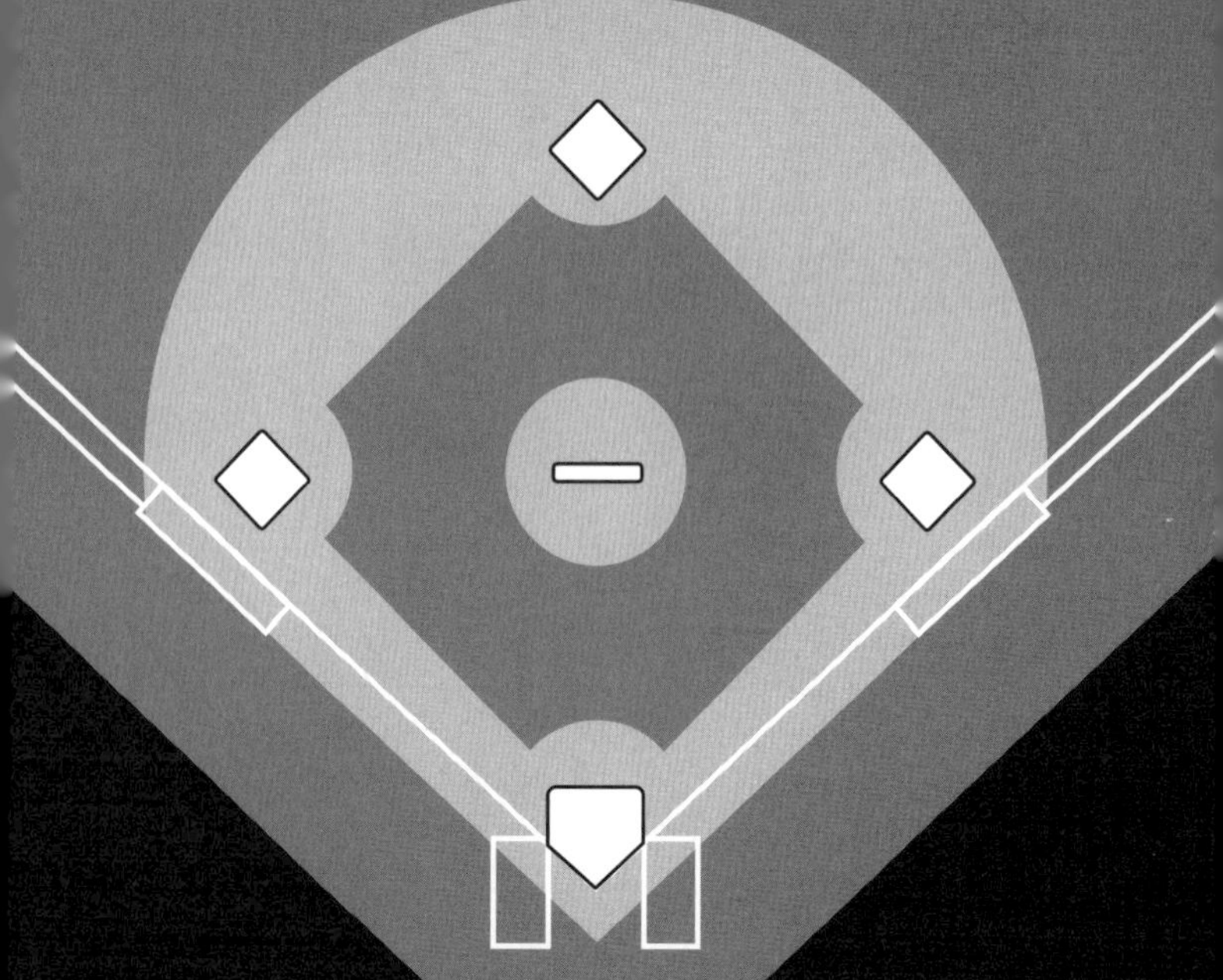

1章《しょう》　戦《せん》国《ごく》武《ぶ》将《しょう》がベースボール！

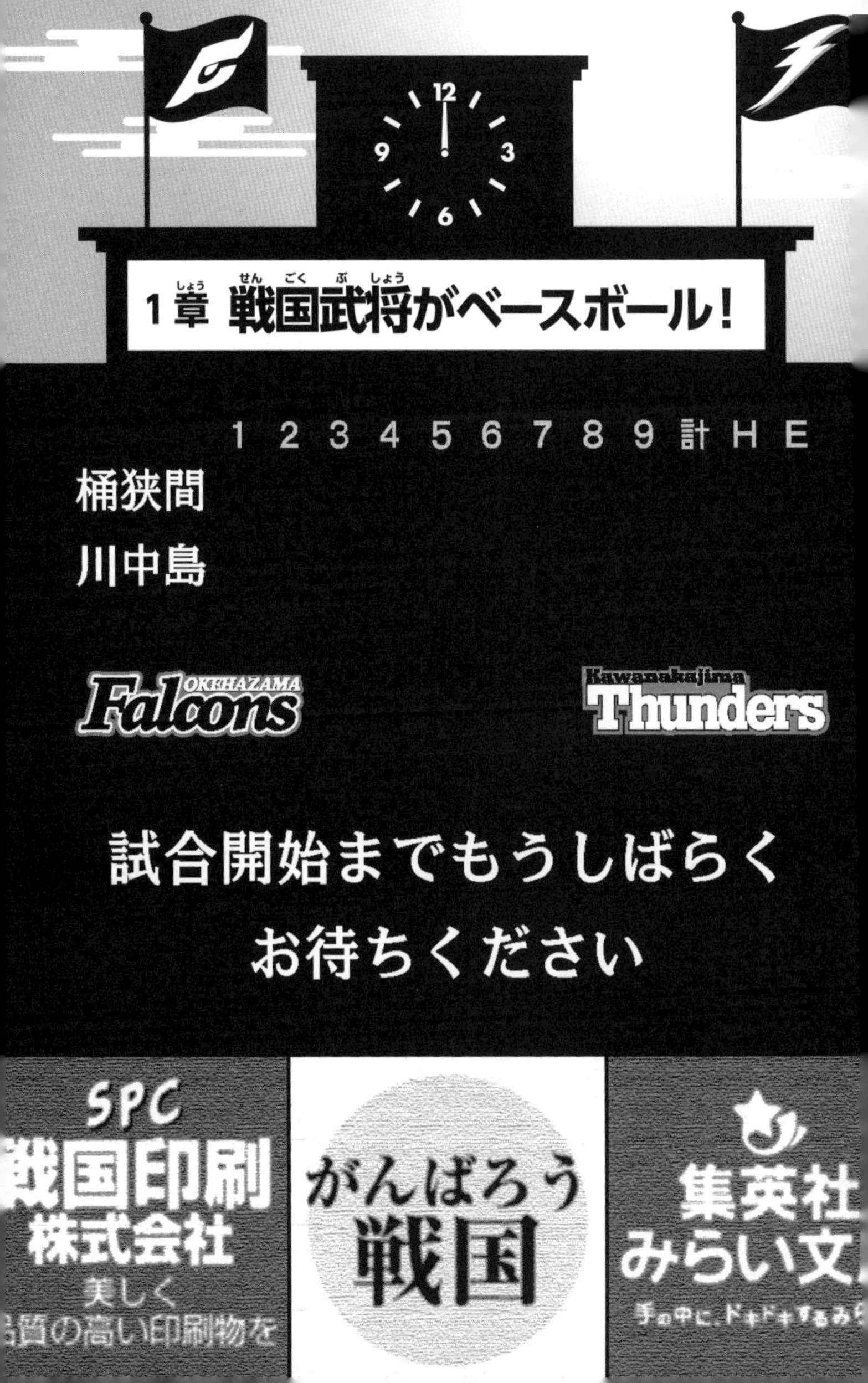

遠《とお》いむかし、戦国時代《せんごくじだい》。当時《とうじ》の日本《にほん》は乱《みだ》れていました。世《よ》の中《なか》を支配《しはい》していた幕府《ばくふ》の力《ちから》が弱《よわ》まっていたためです。

武将《ぶしょう》たちは、自分《じぶん》こそ平和《へいわ》な世《よ》をつくってみせる、と戦《いくさ》をくりかえしましたが、それはかえって民衆《みんしゅう》をくたくたにつかれさせていました。

やがて地上《ちじょう》はたくさんの犠牲《ぎせい》の上《うえ》に平定《へいてい》されますが、しかし戦国武将《せんごくぶしょう》たちは死《し》んで地獄《じごく》にいってしまっても、そこを安《やす》らぎのある場所《ばしょ》にする、といってあらそっていました。

でも、彼《かれ》らは現世《げんせ》で学《まな》びました。合戦《かっせん》では犠牲《ぎせい》を生《う》むだけです。

そこで戦国武将《せんごくぶしょう》たちは考《かんが》えます。せめて地獄《じごく》ではそれをなくしたいと。同《おな》じ戦《いくさ》でも、平和的《へいわてき》にあらそいたいと。

そして地上《ちじょう》でおこなわれている、あるスポーツを見《み》て思《おも》いつきました。これなら平和《へいわ》を乱《みだ》さずに戦《いくさ》ができて、しかもおもしろそうだ。

そうして彼《かれ》らが選《えら》んだあらそいの手段《しゅだん》が、野球《やきゅう》でした。

地獄《じごく》

ここは地獄《じごく》のお役所《やくしょ》。そして閻魔様《えんまさま》の仕事部屋《しごとべや》。

閻魔様《えんまさま》は、今日《きょう》もたくさんの魂《たましい》の行《い》き先《さき》をきめています。

ようやく午前中《ごぜんちゅう》の仕事《しごと》が終《お》わって、いまからお昼休憩《ひるきゅうけい》。

でもお弁当《べんとう》を食《た》べていると、コンコンとドアをノックする音《おと》が聞《き》こえてきます。

「誰《だれ》？」

「ワシじゃ。秀吉《ひでよし》じゃ」

「ひ、秀吉《ひでよし》クン？　ど、どうぞはいって」

閻魔様《えんまさま》はあわてて返事《へんじ》をして、秀吉《ひでよし》というサルみたいな男《おとこ》を部屋《へや》にいれました。

「な、なにか用《よう》かな？　お弁当《べんとう》食《た》べたら、仕事《しごと》にいかなきゃいけないんだけど」

「なに、すぐ終《お》わる」

秀吉《ひでよし》はツカツカと閻魔様《えんまさま》の机《つくえ》までくると、ニヤッとわらいました。

「じつはのう、ちと困《こま》ったことになったんじゃ」

「へ、へえ」

閻魔様《えんまさま》は相《あい》づちを打《う》ちますが、いやな予感《よかん》がしています。いままでだって、「地獄《じごく》スタジアムにきちんとしたベンチをつくってくれ」とか、「人工芝《じんこうしば》にしてくれ」とか、秀吉《ひでよし》にはいろんな無理《むり》なおねがいごとをされてきたからです。

「ええとな、ウチのピッチャーおったじゃろ？　本多忠勝《ほんだただかつ》」

秀吉《ひでよし》は聞《き》いてもないのに、その『困《こま》ったこと』を話《はな》しだします。

「う、うん。そ、それが、どうかしたの？」

「あれがな、昨日《きのう》の試合《しあい》でケガをしおって。今日《きょう》の試合《しあい》にはでれんというんじゃ」

「そりゃたいへんだね。地獄温泉《じごくおんせん》のチケット、手配《てはい》しておこうか？　ケガにいいらしいよ」

閻魔様《えんまさま》はちょっとだけホッとします。これくらいならお安《やす》いご用《よう》です。ですが、秀吉《ひでよし》は首《くび》をよこにふりました。

「いや、地獄温泉《じごくおんせん》のチケットは手配《てはい》ずみじゃ。話《はなし》というのは別《べつ》でのう、本多忠勝《ほんだただかつ》に代《か》わるピッチャーを用意《ようい》してほしいのだ」

「そんな、いきなりいわれても……」

「ワシもさがしたのだが、いいのがおらん。今日《きょう》、死《し》んだヤツか、これから死《し》ぬヤツに実《じつ》力《りょく》のあるピッチャーはおらんのか」

「い、いたとしてもダメだよ。地獄《じごく》いきとはかぎらないし、秀吉《ひでよし》クンとはいくゾーンがちがうんだから」

「かたいことを申《もう》すな、ワシとお主《ぬし》の仲《なか》ではないか」

「ダメったらダメ。きまりだからね」

「そうか、残念《ざんねん》じゃがしかたないのう……。……ところで、さやちゃんはどうしておる？」

閻魔様《えんまさま》はどきりとして、秀吉《ひでよし》から目《め》をそらします。

「さ、さあ？　さっきは書類《しょるい》の整理《せいり》をしていたけど……」

「そうか。あとでみんなにいっておかねばなあ。閻魔様《えんまさま》はさやちゃんが好《す》きだから、協力《きょうりょく》してあげてくれって」

「や、やめてやめて！　せっかくちょっといい感《かん》じなのに！　ぶちこわさないで！」

「さあ、どうしようかのう？　お主《ぬし》しだいじゃと思《おも》うんじゃが？」

「わかったよっ！　わかったからやめて！」

現世《げんせ》

山田虎太郎《やまだこたろう》は、小学六年生《しょうがくねんせい》。地元《じもと》の少年野球《しょうねんやきゅう》チームでピッチャーをしています。内気《うちき》だけどとてもやさしい性格《せいかく》で、しかも実力《じつりょく》は折《お》り紙《がみ》つき。名門高校野球部《めいもんこうこうやきゅうぶ》のスカウトも注目《ちゅうもく》するほど。

天才《てんさい》、怪物《かいぶつ》。まわりの大人《おとな》たちは、いろんな言葉《ことば》で虎太郎《こたろう》の才能《さいのう》をほめています。

運命《うんめい》のその日《ひ》も野球《やきゅう》の試合《しあい》でした。大《おお》きなトーナメントの決勝戦《けっしょうせん》。しかも一点《いってん》リードで最終回《さいしゅうかい》をむかえています。

でも虎太郎《こたろう》は、ランナーをひとりだしてしまったあと、マウンドでキャッチャーの男《おとこ》の子《こ》と話《はな》していて、なんだか雲《くも》ゆきがあやしいようです。

「おい、虎太郎《こたろう》。いいかげんにしろ。どうしていつも三振《さんしん》をねらうんだ。さっきも無理《むり》に攻《せ》めて打《う》たれたんだからな。おまえの球《たま》なら、タイミングはずしてゴロにできるのに」

そういわれたとたん、虎太郎《こたろう》は目《め》をそらしてオドオドしてしまいます。

「そんな……。だって、ゴロになったら……」

うしろがエラーしちゃうかもしれないし……。虎太郎《こたろう》が口《くち》の中《なか》でゴニョゴニョとしゃべります。

でも弱気《よわき》な虎太郎《こたろう》のこのこたえに、キャッチャーの男《おとこ》の子《こ》はため息《いき》をつきました。

「虎太郎《こたろう》、おまえはひとりで野球《やきゅう》やってんのかよ。いいからゴロを打《う》たせて、うしろにまかせろ。あとひとりアウトにすればゲームセットなんだから」

彼《かれ》はそういいのこしてもどりますが、いわれた虎太郎《こたろう》は困《こま》ってしまいます。

そしてプレイボールの声《こえ》がかかったつぎの球《たま》。

キャッチャーはバッターのクセを計算《けいさん》して、外側《そとがわ》にミットをかまえます。

ボールになる球《たま》ですが、このバッターはいつもこれに手《て》をだしてゴロを打《う》ちます。そんなことは、虎太郎《こたろう》にもわかっていました。

でもやっぱり虎太郎《こたろう》はキャッチャーのリードのとおりには投《な》げられません。いやな予感《よかん》がしてしまい、ストライクゾーンに投《な》げてしまいます。

だって外側《そとがわ》の球《たま》はキャッチャーがとれないかもしれないし、うまくゴロになっても味方《みかた》がエラーするかもしれません。

ちょっと気弱《きよわ》なところがある虎太郎《こたろう》は、チームメイトにたよりきれないのです。信頼《しんらい》して、裏切《うらぎ》られてしまうのがとてもこわいのです。

しかしバッターは、そんな虎太郎《こたろう》の性格《せいかく》を読《よ》んでいました。彼《かれ》はストライクゾーンのストレートを待《ま》っていたようです。

完全《かんぜん》にタイミングをあわせてミートしたバッティングは、ボールを芯《しん》でとらえました。

カーンと気持《きも》ちのいい音《おと》がひびき、ボールはぐんぐんのびていきます。

外野手《がいやしゅ》は見送《みおく》るばかりで、ボールを追《お》いません。ムダなことはわかっています。

打球《だきゅう》はフェンスの上《うえ》をゆうゆうと飛《と》びこえて、見事《みごと》なホームランになりました。

これでチームは逆転負《ぎゃくてんま》け。虎太郎《こたろう》はがっくりとマウンドでしゃがみこみます。

再《ふたた》び地獄《じごく》

「あの子《こ》？　たしかにこのあと、事故《じこ》にあう予定《よてい》になってるね。試合《しあい》が終《お》わってトボトボ帰《かえ》ってる途中《とちゅう》に、信号無視《しんごうむし》して車《くるま》にはねられちゃうんだ。今日《きょう》、こっちにくる人間《にんげん》で、才《さい》能《のう》のあるピッチャーはあの子《こ》だけだね」

空《そら》に開《あ》けた窓《まど》から、閻魔様《えんまさま》と秀吉《ひでよし》が現世《げんせ》をのぞいています。

見《み》おろす現世《げんせ》では、虎太郎《こたろう》がチームメイトに責《せ》められていました。エース失格《しっかく》だといわれ、虎太郎《こたろう》はしゅんと肩《かた》をおとしてだまっています。

「山田虎太郎《やまだこたろう》か。気《き》のやさしそうなヤツじゃな。まあ、いい。こっちへまわしてくれ」

「ダメだよ。そんなに悪《わる》いことした子《こ》じゃないから天国《てんごく》いきさ。それに地獄《じごく》にいったって、秀吉《ひでよし》クンたちに協力《きょうりょく》してくれるかわからないよ。きっとパニックになっちゃって、協力《きょうりょく》どころじゃないと思《おも》うな」

「そこをじゃな、まあ、……ゴニョゴニョ……」

秀吉《ひでよし》は、なにやら閻魔様《えんまさま》に耳打《みみう》ちをします。

「だ、ダメダメ。そんなことやったのがバレたら、ぼく、神様《かみさま》にしかられるよ」

閻魔様《えんまさま》は、両手《りょうて》を秀吉《ひでよし》にむけていやがります。でも秀吉《ひでよし》は悪《わる》そうにわらって、閻魔様《えんまさま》の首《くび》に腕《うで》をまわしてきました。

「だいじょうぶじゃって。バレないようにするから。な？　それともこの前《まえ》、神様《かみさま》のオヤツを盗《ぬす》み食《ぐ》いしたのをバラそうか？　神様《かみさま》、あの桃源郷《とうげんきょう》の桃《もも》を楽《たの》しみにしてたのにのう」

閻魔様《えんまさま》はバツの悪《わる》そうな顔《かお》をして、秀吉《ひでよし》から目《め》をそらしました。

「……ホントにバレないようにする？」

おそるおそる閻魔様《えんまさま》が聞《き》くと、

「もちろんじゃとも」

秀吉《ひでよし》は胸《むね》をたたきます。閻魔様《えんまさま》は、「はあ」とため息《いき》をついて、

「わかったよ。いわれたとおりにしてあげる。ただし、マズいことにならないように、専《せん》属《ぞく》で案内人《あんないにん》をつけるからね」

「そうこなくては！」

秀吉《ひでよし》は満足《まんぞく》げに、閻魔様《えんまさま》のせなかをバシンとたたきました。

「痛《いた》いよ、もう。今回《こんかい》だけだからね。あ、それと」

「なんじゃ？」

「信長《のぶなが》クンは怒《おこ》ってないの？　ピッチャーにケガさせて」

いわれた秀吉《ひでよし》は、顔色《かおいろ》が真《ま》っ青《さお》になります。

「思《おも》いださせんでくれ……」

天国《てんごく》か地獄《じごく》か

「——……い、おい、こら。起《お》きんか、小僧《こぞう》」

眠《ねむ》っていると、誰《だれ》かがぼくのほっぺたをペシペシとたたいた。

「ううん、あと三十分《さんじゅっぷん》……」

そうこたえて体《からだ》をまるめると、

「長《なが》いわ、ボケ。さっさと起《お》きろ」

今度《こんど》はまるめたせなかをコツンとけられた。母《かあ》さんより乱暴《らんぼう》なヤツだ。

ぼくはしぶしぶ目《め》を覚《さ》ます。「なに……？」といってまぶたをゆっくり開《あ》けたら、

「おう、やっと起《お》きたか」

なんと目《め》の前《まえ》には鎧《よろい》を着《き》たサルがたっていて、声《こえ》の主《ぬし》はそいつだった。

「う、うわあああ！　サ、サルが！　サルがしゃべった！」

一気《いっき》に飛《と》びおきてうしろへのけぞると、サルは顔《かお》を真《ま》っ赤《か》にして、その場《ば》でドンドンと足《あし》ぶみする。

「誰《だれ》がサルだ！　誰《だれ》が！」

サルじゃないといいたいようだけど、でもいまにもウッキーと鳴《な》きだしそうで、その様子《ようす》はますますサルそっくりだ。

これは、サルじゃないのか？　いや、よく訓練《くんれん》されているだけかもしれない。サルは利口《りこう》だというし。

目《め》の前《まえ》でプリプリ怒《おこ》る謎《なぞ》の生物《せいぶつ》に、日本語《にほんご》で返事《へんじ》をしていいのか迷《まよ》っていると、

「そのひとはおサルさんじゃないよっ」

謎《なぞ》の生《い》き物《もの》のうしろから、ぴょこんとかわいらしい女《おんな》の子《こ》が顔《かお》をだした。

「えっとね、あたしはヒカル。天上世界《てんじょうせかい》の天女見習《てんにょみなら》い。閻魔様《えんまさま》のおつかいだよ」

その女《おんな》の子《こ》のせなかには羽《はね》が生《は》えていて、白《しろ》いスベスベの和服《わふく》を着《き》ていた。年《とし》はぼくと

同《おな》じくらい。ヒカルと自己紹介《じこしょうかい》したその女《おんな》の子《こ》は、ぼくと目《め》があうと、ふわふわのショートカットをゆらして、にっこりわらった。

「それで、このおサルさんは豊臣秀吉《とよとみひでよし》さん。地獄《じごく》の戦国《せんごく》ゾーンで管理人《かんりにん》をやってるの」

「サルじゃない！」

紹介《しょうかい》されたその生《い》き物《もの》は、キーッとうなって怒《おこ》っている。でも、いま、このサルを豊臣《とよとみ》秀吉《ひでよし》っていった？　秀吉《ひでよし》って、あの秀吉《ひでよし》？

「ちょ、待《ま》って、ちょっと待《ま》ってよ。どういうことか、まだわからないんだけど」

天上世界《てんじょうせかい》？　天女見習《てんにょみなら》い？　閻魔様《えんまさま》のつかい？　それで豊臣秀吉《とよとみひでよし》だって？

混乱《こんらん》しながら、ぼくはたしかめるようにあたりを見《み》まわした。

そこはぼくの部屋《へや》じゃなく、いつものグランドでもなく、公園《こうえん》でもない。

見《み》わたす景色《けしき》は、空《そら》は赤黒《あかぐろ》くて、雲《くも》がむらさき色《いろ》。

寝《ね》ていたここは河川敷《かせんじき》のようだけど、よこを流《なが》れる川《かわ》は真《ま》っ黒《くろ》だ。反対側《はんたいがわ》を見《み》ると、頭《あたま》に角《つの》が生《は》えた鬼《おに》が堤防《ていぼう》の上《うえ》で、犬《いぬ》を散歩《さんぽ》させていた。

こめかみに汗《あせ》が流《なが》れる。なんだ、これは。ちょっと待《ま》て。いやな予感《よかん》しかしないけど、ちょっと待《ま》て。

どうしてぼくはこんな場所《ばしょ》にいるんだ？　思《おも》いだせ。さいごの記憶《きおく》は……。

あ、そういえば車《くるま》に……。で、天上世界《てんじょうせかい》って……。え？　死《し》ん……。

「……えっと……。もしかして、ぼく、死《し》んじゃった……？」

おそるおそるヒカルに聞《き》いてみると、

「そうっ！」

にっこり。

「うわあああああああああああああっ！」

ぼくは頭《あたま》をかかえて絶叫《ぜっきょう》する。

「ど、どうしよう。まだやりたいことだっていっぱいあったし、父《とう》さんや母《かあ》さんはすごく悲《かな》しむし、あしたの給食《きゅうしょく》にはデザートがつくのに、それに……」

それに、野球《やきゅう》。あんな負《ま》けかたで終《お》わるなんて。

「いやだ。まだ死《し》にたくない……」

手《て》をぎゅっとにぎってつぶやくと、

「山田虎太郎《やまだこたろう》よ。まだ生《い》きたいか」

そういって、秀吉《ひでよし》がコホンとせきばらいをした。

「うん……。そりゃ死《し》にたくないよ。でも、ここにきたってことは……」

あきらめが、声《こえ》にこもってしまう。

「ふむ。そうじゃろうのう。あんな負《ま》けかたでは」

「え？　ぼくの試合《しあい》を見《み》ていたの？　っていうか、どうしてぼくの名前《なまえ》を知《し》ってるの？」

それに、秀吉《ひでよし》さんはあの戦国時代《せんごくじだい》の豊臣秀吉《とよとみひでよし》だよね？　ぼくになにか用事《ようじ》？」

矢継《やつ》ぎ早《ばや》に質問《しつもん》すると、

「いかにも。ワシは天下《てんか》を統一《とういつ》し、大阪城《おおさかじょう》を築城《ちくじょう》した、あの名高《なだか》い豊臣秀吉《とよとみひでよし》である」

秀吉《ひでよし》はいばって腰《こし》に手《て》をあてた。

「そして、ワシがどうしてお主《ぬし》の名前《なまえ》を知《し》っているかというと、お主《ぬし》をピッチャーとしてスカウトしにきたからじゃ」

「スカウト？」

ぼくは首《くび》をかしげた。

「そうじゃ。この地獄《じごく》の戦国時代《せんごくじだい》ゾーンでは、地区《ちく》の統一《とういつ》をかけて野球《やきゅう》をやっておる」

「統一《とういつ》をかけて？　野球《やきゅう》？」

「うむ。戦《いくさ》をしたら犠牲《ぎせい》がでる。そこで我々《われわれ》は話《はな》しあい、野球《やきゅう》で勝《か》ったほうが、地獄《じごく》のこの地区《ちく》を統一《とういつ》するということにきめたのじゃ」

「へえ。それで、ぼくをスカウト？」

「そのとおり。今日《きょう》はあの世《よ》戦国杯《せんごくはい》トーナメントの決勝戦《けっしょうせん》があるのじゃが、我《わ》が『桶狭間《おけはざま》ファルコンズ』の本多忠勝《ほんだただかつ》がケガをしてしもうてな。ピッチャーがおらんのじゃ。このままじゃったら、選手管理《せんしゅかんり》をまかされておるワシは、信長様《のぶながさま》にたたききられてしまう」

「ああ、あの世《よ》でもケガとかするんだ」

「もちろん。それで、そこにタイミングよく、お主《ぬし》がきてくれたというわけじゃ」

そんな感謝《かんしゃ》をされても、ちっともうれしくない。

「でも、ちょっと待《ま》ってよ。ぼくも、いきなり死《し》んだっていわれて混乱《こんらん》してるんだから。これからどうすればいいのかわからないのにさ」

「まあ、はやまるでない。お主《ぬし》にはいい知《し》らせがある」

「いい知《し》らせって？」

期待《きたい》しないで、ぼくは聞《き》きかえす。

「これから我々《われわれ》、信長様《のぶながさま》ひきいる桶狭間《おけはざま》ファルコンズは、引《ひ》き分《わ》けがつづいている『川中島《かわなかじま》サンダース』と対戦《たいせん》する。これに勝《か》てば我《われ》らが天下統一《てんかとういつ》。そのときは信長様《のぶながさま》にたのみ、現世《げんせ》へよみがえらせてやろう」

「えっ。本当《ほんとう》？」

「本当《ほんとう》じゃとも。ほれ、閻魔様《えんまさま》も認《みと》めておる。これがその証文《しょうもん》」

秀吉《ひでよし》は紙《かみ》を一枚《まい》、ぼくにむかってかざして見《み》せた。そこにはたしかに、さっき秀吉《ひでよし》がいっていた内容《ないよう》が書《か》かれていて、閻魔《えんま》というハンコも押《お》してあった。

「閻魔様《えんまさま》がよくこんな約束《やくそく》したね」

不思議《ふしぎ》に思《おも》っていうと、よこからヒカルが、羽《はね》をぴょこぴょこゆらしてこたえた。

「この証文《しょうもん》もそうだし、虎太郎《こたろう》クンがこっちきたのだって、秀吉《ひでよし》さんが閻魔様《えんまさま》を、いろいろおどかしたんだよ。好《す》きな子《こ》をバラすぞとか、盗《ぬす》み食《ぐ》いバラすぞとか。あたし、こっそり見《み》てたんだから」

ヒカルはにがわらいだ。

「だからね、あたしがついてきたんだ。こんなこと、いままでなかったから、閻魔様《えんまさま》がそうしなさいって。あたしが虎太郎《こたろう》クンの専属案内人《せんぞくあんないにん》だよ。よろしくねっ」

ヒカルはまたにっこりとわらう。

「で、どうするんじゃ。このまま死《し》ぬか、投《な》げ勝《か》ち生《い》きかえるか。お主《ぬし》としては、投《な》げたほうがいいんじゃないか？　んん？」

秀吉《ひでよし》は閻魔様《えんまさま》の証文《しょうもん》を指《ゆび》でつまみ、ヒラヒラさせてぼくに見《み》せつけた。

「もちろん、やる。ぜったいに生《い》きかえってやるんだ」

ぼくはくちびるをきゅっとむすんで、秀吉《ひでよし》に返事《へんじ》をした。

桶狭間《おけはざま》ファルコンズ入団《にゅうだん》

「ねえ、まだ着《つ》かないの？」

ぼくは前《まえ》を歩《ある》く秀吉《ひでよし》に聞《き》いてみる。

「もうちょっとじゃ。文句《もんく》の多《おお》い坊主《ぼうず》じゃの」

秀吉《ひでよし》はブツブツいいながら、ふりかえりもせずにそのまますすむ。文句《もんく》が多《おお》いのはむこうのほうだと思《おも》ったけど、機嫌《きげん》を悪《わる》くされても困《こま》るのでだまっておいた。

はやく目的地《もくてきち》に着《つ》かないかな。

そんなことを思《おも》いながら赤黒《あかぐろ》い空《そら》の下《した》をしばらく歩《ある》くと、むこうのほうの河川敷《かせんじき》に整備《せいび》されたグランドが見《み》えてきて、そこには鎧《よろい》を着《き》こんだ武士《ぶし》が集《あつ》まっていた。見物客《けんぶつきゃく》もいる。

「ねえ、秀吉《ひでよし》さん。あそこ？」

「そうじゃ、あそこが『地獄《じごく》の一丁目《いっちょうめ》スタジアム』じゃ。さあ、覚悟《かくご》せいよ」

秀吉《ひでよし》はやっとこっちをふりかえって、おどかすようにぼくを見《み》た。

覚悟《かくご》ってなに？　聞《き》こうとすると、秀吉《ひでよし》は小走《こばし》りになって、三塁側《るいがわ》のベンチにむかっていった。

「どういうことだろ」

はてなマークをうかべて、ぼくはヒカルと目《め》をあわせる。

「きっと、いってみればわかるよ。あたしたちもいこうよ」

「そうだね」

賛成《さんせい》して、ぼくとヒカルも、ベンチのほうへ歩《ある》きだした。

するとさきに武士《ぶし》たちの輪《わ》にはいった秀吉《ひでよし》が、中心《ちゅうしん》にいるこわそうなひとに怒鳴《どな》られはじめた。見《み》ていると、すごい剣幕《けんまく》だ。

「忠勝《ただかつ》がケガとは！　貴様《きさま》はどんな管理《かんり》をしておるのだ、うつけ者《もの》め！」

「いや、しかし……」

どうも本多忠勝《ほんだただかつ》というひとがケガをしたことを責《せ》められているようで、秀吉《ひでよし》は青《あお》い顔《かお》になって言《い》い訳《わけ》をさがしている。赤《あか》くなったり青《あお》くなったりいそがしい顔色《かおいろ》だと思《おも》った。

「あのこわいひと、誰《だれ》？」

ヒカルに聞《き》いてみる。

「あれは、織田信長《おだのぶなが》さんだよ。秀吉《ひでよし》さん、いまだに頭《あたま》があがらないんだねえ」

「えっ。織田信長《おだのぶなが》って、あの有名《ゆうめい》な？『鳴《な》かぬなら殺《ころ》してしまえホトトギス』っていわれたひとでしょ？」

ぼくはおどろいて、もういちどヒカルに聞《き》いた。ヒカルは笑顔《えがお》で、こくりとうなずく。

「そだよ。よく知《し》ってるね」

それならこわく見《み》えるのは当然《とうぜん》だ。

「たしか、歴史上《れきしじょう》では秀吉《ひでよし》さんの上司《じょうし》みたいな感《かん》じだったっけ？」

「そうそう。虎太郎《こたろう》クン、物知《ものし》りだねえ」

「……地獄《じごく》にきてまで上下《じょうげ》関係《かんけい》に悩《なや》まされているなんて、なんだかきびしいなあ」

秀吉《ひでよし》に同情《どうじょう》していると、

「問答無用《もんどうむよう》、秀吉《ひでよし》！　そこへなおれ！」

信長《のぶなが》はバットを刀《かたな》のようにかまえた。そしてギラリと鋭《するど》い眼光《がんこう》で秀吉《ひでよし》をにらんだ。

「ひ！　お、お許《ゆる》しを！　信長様《のぶながさま》！」

「ならん！」

信長《のぶなが》はそういってバットをふりあげた。

秀吉《ひでよし》はそれを見《み》ると飛《と》びあがり、一目散《いちもくさん》にこちらへ逃《に》げてきた。うしろからは、みけんにしわを寄《よ》せた信長《のぶなが》が、バットをふりまわして追《お》いかけてきている。

「たたたたた助《たす》けてくれいいいいいっ！」

秀吉《ひでよし》はそう叫《さけ》んでむかってくるけど、バットをふりまわす織田信長《おだのぶなが》にかかわりあうのは気《き》がすすまない。

悪《わる》い気《き》がしたけど、ぼくとヒカルは突進《とっしん》してくる秀吉《ひでよし》を、さっとよけた。

秀吉《ひでよし》は恨《うら》めしそうな顔《かお》でぼくたちを見《み》たあと、むこうに生《は》えている木《き》によじ登《のぼ》る。するするすると登《のぼ》っていく様子《ようす》は、本当《ほんとう》にサルのようだった。

「降《お》りてこい、ハゲネズミ！　たたききってくれる！」

信長《のぶなが》は木《き》のふもとで怒鳴《どな》っている。サルだサルだと思《おも》っていた秀吉《ひでよし》が別《べつ》の呼《よ》びかたをされているのが、ちょっと意外《いがい》だった。

しかし、ハゲネズミか。たしかに、いわれてみれば……。

なるほど、って顔《かお》で、ぼくとヒカルは、木《き》の上《うえ》にいる秀吉《ひでよし》の顔《かお》を見《み》つめる。

「納得《なっとく》せんでよいわっ！」

真《ま》っ赤《か》な顔《かお》で秀吉《ひでよし》が、ぼくたちに怒《おこ》った。うーん。やっぱりサルのほうが似《に》ているな。

「誰《だれ》だ、うぬらは？」

秀吉《ひでよし》の言葉《ことば》で、信長《のぶなが》がぼくたちに気《き》づいてふりかえる。

「その小僧《こぞう》です！　そいつがさっき申《もう》しあげました、野球《やきゅう》の天才《てんさい》です！　忠勝《ただかつ》に勝《まさ》る逸材《いつざい》ですぞっ！」

「ほう？」

信長《のぶなが》は秀吉《ひでよし》のおおげさな説明《せつめい》に、ちょっとおどろいたみたいだ。ニヤリとわらうと、バットを肩《かた》にかつぎ、すたすたとぼくたちのほうへ歩《ある》いてきた。

「おまえが天才《てんさい》ピッチャーか。話《はなし》は聞《き》いた。きっちり投《な》げられるのだろうな」

信長《のぶなが》はバットで肩《かた》をトントンとたたきながら、えらそうにそういう。

「あの、えっと……。天才《てんさい》っていうか……。それはいいすぎだと思《おも》うけど、でも現世《げんせ》では、ずっと野球《やきゅう》をやってたよ。球《たま》はそこそこ速《はや》いほうだと思《おも》うけど……」

「ほう」

信長《のぶなが》はニヤリとわらうと、バットのさきをこっちにむけて、ぼくの目《め》を見《み》た。

「うむ。いい目《め》をしておるが、はたして使《つか》いものになるかのう。いいピッチャーとは、なにも球《たま》のスピードやコントロールだけをとっていうものではないぞ？」

「……がんばるよ。まだまだ現世《げんせ》で野球《やきゅう》をしたいんだ」

「ふん。まあ、ぜひに及《およ》ばずじゃ。おい、そこの。ヒカルといったか」

「はいっ」

つぎに信長《のぶなが》は、ヒカルのほうへ目《め》をむけた。ヒカルは手《て》をあげて返事《へんじ》をする。

「こやつを桶狭間《おけはざま》ファルコンズへ入団《にゅうだん》させる。地獄《じごく》の事情《じじょう》や選手《せんしゅ》のことは知《し》らぬであろうから、おまえが説明《せつめい》してやれ。よいな」

「はいっ。がんばりますっ」

いってベンチへもどる信長《のぶなが》のせなかに、ヒカルは敬礼《けいれい》するようなポーズをした。

そしてぼくのほうにむきなおると、

「虎太郎《こたろう》クン、入団《にゅうだん》できてよかったね！　勝《か》てば生《い》きかえれるよ！」

「うん、ありがとう」

命《いのち》がかかった野球《やきゅう》。ぜったいに勝《か》たないと！

決意《けつい》に燃《も》えてぎゅっと手《て》をにぎると、ヒカルが言葉《ことば》をつづけていく。

「それとね、味方《みかた》も相手《あいて》も、全員《ぜんいん》が戦国時代《せんごくじだい》の武将《ぶしょう》さんなんだ。誰《だれ》がどんなひとか、試合《しあい》中《ちゅう》に、あたしが説明《せつめい》していってあげるから」

「そうなんだ。よろしくね」

ぼくがこたえると、ヒカルはにっこりわらった。

「でも、相手《あいて》はまだこないの？　ぼくはいつでもいいんだけど」

まわりを見《み》わたしていうと、

「お、ちょうど相手《あいて》がきよったわい。あれが『川中島《かわなかじま》サンダース』じゃ」

秀吉《ひでよし》が堤防《ていぼう》を指《ゆび》さした。ふりかえると、鎧武者《よろいむしゃ》の集団《しゅうだん》が堤防《ていぼう》をくだって、こっちに歩《ある》いてきている。

「先頭《せんとう》で、白《しろ》い毛《け》つきのかぶとをかぶっているひとが武田信玄《たけだしんげん》さんで、顔《かお》に白《しろ》い布《ぬの》をまいているひとが上杉謙信《うえすぎけんしん》さんだよ。相手《あいて》のリーダー」

よこからヒカルが説明《せつめい》してくれる。

「ああ、あのふたりが……」

ぼくは教科書《きょうかしょ》の肖像画《しょうぞうが》を思《おも》いだしつつ、返事《へんじ》をする。

「社会科《しゃかいか》はそんなに得意《とくい》じゃないけど、そのふたりは知《し》ってるよ。たしか川中島《かわなかじま》って場所《ばしょ》

OKEHAZAMA
Falcons

で何回《なんかい》も戦《いくさ》をして、決着《けっちゃく》がつかなかったひとたちだよね？」

「そうそう。すっごい戦《いくさ》が強《つよ》いんだから」

ヒカルがわらってこたえる。あれ？　でもそれならあのふたり、敵同士《てきどうし》のはずじゃ？

ぼくは不思議《ふしぎ》に思《おも》うけど、そうしている間《あいだ》にも、相手《あいて》の選手《せんしゅ》は続々《ぞくぞく》とグランドにはいってくる。そして試合《しあい》の開始《かいし》をせかすように、本塁前《ほんるいまえ》へ列《れつ》をつくっていった。

「あっ、さっそく試合開始《しあいかいし》のあいさつみたいだよ。虎太郎《こたろう》クンも列《れつ》にくわわって」

「え、ああ。うん」

ヒカルにうながされて、ぼくもその列《れつ》のはしっこにくわわった。

本塁《ほんるい》をはさんで整列《せいれつ》すると、列《れつ》の先頭《せんとう》では、信長《のぶなが》と信玄《しんげん》が視線《しせん》をあわせて、もう火花《ひばな》をちらしている。

「信長《のぶなが》よ、逃《に》げなかったのだけはほめてやろう。いよいよ決着《けっちゃく》のときじゃ」

信玄《しんげん》が信長《のぶなが》を挑発《ちょうはつ》すると、

「本多忠勝殿《ほんだただかつどの》は不運《ふうん》でござったが、これも戦国《せんごく》の世《よ》のならわし。信長殿《のぶながどの》。遠慮《えんりょ》はいたしませんぞ」

上杉謙信《うえすぎけんしん》もつづく。

「フン。もう勝《か》ったつもりか。こちらに忠勝《ただかつ》を超《こ》えるピッチャーがいるとも知《し》らずに」

信長《のぶなが》が、くちびるのはしをつりあげた。

「なんだと」

「まことであられるか」

信玄《しんげん》と謙信《けんしん》がおどろいて、信長《のぶなが》に問《と》いかけた。信長《のぶなが》はぼくのほうをむいて、くいっとあごを持《も》ちあげる。

「あの童《わらべ》が」

信玄《しんげん》はぼくを見《み》ると、「ふふん」と、バカにしたようにわらった。

「あ、えっと……」

ぼくはあせってしまって、言葉《ことば》がとっさにでてこない。するとまごついたぼくを見《み》て、相手《あいて》のチームが、からかうようにどっとわらった。ぼくは恥《は》ずかしくなって、おもわずうつむいてしまう。

「ふん。わらっていられるのも、いまのうちじゃ。こやつのストレートは120キロを超《こ》えるぞ」

顔《かお》を赤《あか》くしていたら、秀吉《ひでよし》がぼくの代《か》わりにいいかえしてくれた。サルそっくりだけどいいヤツだと思《おも》った。

秀吉《ひでよし》の言葉《ことば》を聞《き》くと、謙信《けんしん》がぼくの前《まえ》にきて座《すわ》りこみ、

「童《わらべ》よ」

と、話《はな》しかけてくる。

「信玄殿《しんげんどの》もみなも、悪気《わるぎ》があってのことではござらん。童《わらべ》のあせった様子《ようす》がおかしかったのだ。非礼《ひれい》、許《ゆる》されい」

にがわらいをうかべて、謙信《けんしん》はぼくにあやまった。信玄《しんげん》も大《おお》きな声《こえ》で、「すまんすまん」と、たいして悪《わる》びれずにいった。

「別《べつ》にいいよ。それと、ぼくは童《わらべ》じゃなくて、虎太郎《こたろう》。山田虎太郎《やまだこたろう》って名前《なまえ》だよ」

「名《な》に虎《とら》とつくか。それがしも、現世《げんせ》では越後《えちご》の虎《とら》と呼《よ》ばれておった。我々《われわれ》は気《き》があうかもしれぬな」

そういうと謙信《けんしん》は楽《たの》しそうにわらって、すっくとたちあがる。そして本塁《ほんるい》にいる審判《しんぱん》へ、

合図《あいず》をするように視線《しせん》を送《おく》った。

「それではいいですね？　試合《しあい》を開始《かいし》いたします。球審《きゅうしん》はわたくし、地獄《じごく》の一丁目《いっちょうめ》担当《たんとう》の赤鬼《あかおに》がつとめさせていただきます」

赤鬼《あかおに》は、顔《かお》に似合《にあ》わないまじめな口調《くちょう》でそういって、

「では、桶狭間《おけはざま》ファルコンズ対《たい》、川中島《かわなかじま》サンダースの試合《しあい》をはじめます。礼《れい》！」

と、つづけた。

ぼくたちは本塁《ほんるい》をはさんでたがいに頭《あたま》をさげ、それぞれのベンチにもどっていく。みんな鎧《よろい》を着《き》ているので、ぜんぶの動作《どうさ》がガチャガチャとうるさい。

でも、ぼくは内心《ないしん》で『しめた』と思《おも》っていた。

なぜって、あんな重《おも》そうな鎧《よろい》を着《き》ていて、まともなスイングができるわけないんだ。これは思《おも》ってたよりも、楽《らく》に現世《げんせ》へ帰《かえ》れるかも。

……って思《おも》ってた自分《じぶん》を、あとでぼくはなぐってやりたくなる。

虎太郎くんファイト!

2章《しょう》 あの世《よ》戦《せん》国《ごく》杯《はい》、プレイボール!

	1	2	3	4	5	6	7	8	9	計	H	E
桶狭間												
川中島												

OKEHAZAMA Falcons

1	豊臣　秀吉	右
2	島津　義久	中
3	毛利　元就	遊
4	織田　信長	一
5	真田　幸村	三
6	徳川　家康	捕
7	前田　慶次	左
8	伊達　政宗	三
9	山田虎太郎	投

B
S
O

UMPIRE

CH	1B	2B	3B
赤鬼	青鬼	黄鬼	緑鬼

Kawanakajima Thunders

1	松永　久秀	中
2	山本　勘助	二
3	明智　光秀	遊
4	武田　信玄	捕
5	今川　義元	左
6	直江　兼続	三
7	朝倉　義景	右
8	真田　信之	一
9	上杉　謙信	投

一《いっ》回《かい》表《おもて》

「ねえ、ヒカル。そもそもこのチームわけってどうきめてるの？　いろんなひとがまざってるけど」

ベンチに座《すわ》ってヒカルに聞《き》くと、

「うん。むかしね、戦国武将《せんごくぶしょう》のひとたちが死《し》ぬたびに、キャプテンがドラフト会議《かいぎ》で編成《へんせい》していったの。時代《じだい》とか敵味方《てきみかた》とかぐちゃぐちゃだから、きっとおもしろいよ！」

「おもしろいの？　それ」

ぼくはあきれてグランドを見《み》る。試合《しあい》はウチのチーム、桶狭間《おけはざま》ファルコンズの先攻《せんこう》だ。

「それではまず、ワシからじゃ」

一番《ばん》バッターの秀吉《ひでよし》は、軽《かる》い足《あし》どりでバッターボックスにむかう。そして右打席《みぎだせき》にはいると、バットをたててかまえをとった。

相手《あいて》のピッチャーは上杉謙信《うえすぎけんしん》だ。頭《あたま》から肩《かた》にかけてぐるぐるまきにした白《しろ》い布《ぬの》が、いかにも強《つよ》そうである。

謙信《けんしん》は足元《あしもと》においてある、すべりどめ用《よう》のロージンバッグを手《て》でぽんぽんとやって、秀《ひで》吉《よし》をにらんだ。そして、

「プレイボール！」

赤鬼《あかおに》が声《こえ》をあげるとホラ貝《がい》の大《おお》きな音《おと》が鳴《な》り、いよいよ試合開始《しあいかいし》だ。

「童《わらべ》、いや、山田虎太郎《やまだこたろう》よ！」

マウンドにいる謙信《けんしん》が、ぼくにむかって大《おお》きな声《こえ》をだした。

なんだろう？　目《め》をあげて視線《しせん》をあわせると、

「さきの非礼《ひれい》の詫《わ》びに、いいものを拝《おが》ませてやろう！　こころして見《み》るがよい！」

そうつづけて、目《め》を秀吉《ひでよし》にもどした。

なにを見《み》せてくれるんだろう？

そう思《おも》っていると、謙信《けんしん》がゆったりとしたフォームで腕《うで》をあげて、

「奥義《おうぎ》！　毘沙門天投法《びしゃもんてんとうほう》！」

と叫《さけ》び、ダイナミックな動作《どうさ》でボールを投《な》げた。

「奥義《おうぎ》って、なにいってるんだろう。ふざけてるの？」

「ふざけてなんてないよっ、虎太郎《こたろう》クン。見《み》てて、すごいから！」

ヒカルは謙信《けんしん》の投球《とうきゅう》に釘《くぎ》づけだ。あんな重《おも》そうな鎧《よろい》を着《き》てるから、スピードなんてでるわけないのに。

と、思《おも》っていたぼくのその気持《きも》ちはひっくりかえる。

謙信《けんしん》の投《な》げたストレートは、いままで見《み》たことがないようなすさまじい球《たま》だった。

空気《くうき》をきりさいてうなりをあげるその球《たま》はプロ級《きゅう》で、もしかすると150キロくらいでているかもしれない。

びっくりして見《み》ていると、球《たま》はズドンと重《おも》い音《おと》をたてて、キャッチャーミットにつきささる。

「な、なに、あれっ。毘沙門天投法《びしゃもんてんとうほう》って……」

ぼくはおどろいて、ヒカルに聞《き》く。

「そうだよ。謙信《けんしん》さん、現世《げんせ》でまだ生《い》きているときはね、一生《いっしょう》、モテなくていいから、自《じ》分《ぶん》を戦《いくさ》に強《つよ》くしてくださいって、毘沙門天《びしゃもんてん》っていう神様《かみさま》にお祈《いの》りしたの。だから地獄《じごく》で

400年《ねん》すごしても結婚《けっこん》してないし、野球《やきゅう》も強《つよ》いの」

「なんで、そんなんで球《たま》が速《はや》くなるのっ！　メチャクチャだ！」

バッターボックスでは、すごい球《たま》を見《み》せつけられた秀吉《ひでよし》が、少《すこ》しも動《うご》けずにたっている。

たしかに、あの球《たま》は並《なみ》のバッターに打《う》てそうには見《み》えなかった。

「無理《むり》だ、あんなの打《う》てっこないよ」

ぼくはあきらめの言葉《ことば》をもらす。

すると秀吉《ひでよし》がこちらをむいて、ニヤリとわらった。

「あれ。いま、秀吉《ひでよし》さん、こっちむいてわらったよね？」

確認《かくにん》すると、うんうんとヒカルもうなずく。

もしかしたら、すごい秘策《ひさく》があるのかも？　そういえば戦国時代《せんごくじだい》でも、秀吉《ひでよし》はいろんな作戦《さくせん》を使《つか》って戦《いくさ》に勝《か》っていたって聞《き》いたことがあるぞ。

期待《きたい》して、ぼくは秀吉《ひでよし》の打席《だせき》を見守《みまも》る。すると、
ズドン！　ズドン！

計三回《けいかい》、球《たま》はストライクゾーンをとおってキャッチャーミットの中《なか》へはいり、秀吉《ひでよし》は見《み》

事《ごと》に三振《さんしん》して帰《かえ》ってきた。期待《きたい》させといて、なんだ、それ。

「ふふふ……。見抜《みぬ》いたぞ……」

それでもベンチに帰《かえ》ってきた秀吉《ひでよし》は、不敵《ふてき》なわらいをうかべている。

「もしかして相手《あいて》の弱点《じゃくてん》を？」

聞《き》くと、秀吉《ひでよし》は首《くび》をよこにふって、

「ワシでは打《う》てんということが、わかった」

と、得意《とくい》げにいった。そしてその瞬間《しゅんかん》、こめかみに青筋《あおすじ》をたてた信長《のぶなが》に、バットを投《な》げつけられて悲鳴《ひめい》をあげた。

たよりない秀吉《ひでよし》はおいておいて、謙信《けんしん》はつぎの打者《だしゃ》も打《う》ちとり、三番《ばん》バッターの毛利元《もうりもと》就《なり》も、ツーストライクと追《お》いこんでいた。

すると謙信《けんしん》はまた、足元《あしもと》のロージンバッグを手《て》にとった。でも、さっきから様子《ようす》がおかしい。

「あのロージンバッグ、なんだろう。ちっとも粉《こな》がでないね」

首《くび》をかしげると、ヒカルがこたえてくれる。

「そうだよ。だって中身《なかみ》、塩《しお》だもん」

「し、塩《しお》っ⁉　なんでっ？」

ふつう、ロージンバッグにはすべりどめの粉《こな》がはいっているものなのに。塩《しお》なんて聞《き》いたことがない。

「えっとねえ。むかし、武田信玄《たけだしんげん》さんが、まわりの国《くに》から塩《しお》を買《か》えないようにされたときね、そのときに敵《てき》だった謙信《けんしん》さんが、領民《りょうみん》のためにっていって、武田信玄《たけだしんげん》さんに塩《しお》を送《おく》ってあげたって伝《つた》えられてるの。『敵《てき》に塩《しお》を送《おく》る』って言葉《ことば》の語源《ごげん》だよ」

「それはわかるけどさ、どうしてロージンバッグに塩《しお》？」

「大会《たいかい》の本部《ほんぶ》に、いつも謙信《けんしん》さんから送《おく》られてくるらしいよ。使《つか》い道《みち》ないから、ロージンバッグにしたみたい」

「いや、使《つか》いかた、まちがえてるし！」

ぼくがつっこんでいると、

「ストライッ！　バッターアウッ！」

三番《ばん》バッターの毛利元就《もうりもとなり》も三振《さんしん》した。

どうなってるんだ？　ここの野球《やきゅう》は。

一回裏《いっかいうら》

ぼくはピッチャーマウンドにたつ。

そして深呼吸《しんこきゅう》をひとつしてから、おそるおそる、ロージンバッグに手《て》をあてた。

うわあ。べっとりする。さすが塩《しお》。

ぼくは手《て》をプラプラさせつつ、バッターボックスを見《み》る。

そこには相手《あいて》の一番《ばん》バッター、ええと、誰《だれ》だっけ。

『松永久秀《まつながひさひで》さんだよ』

わからないことがうかぶと、頭《あたま》の中《なか》にヒカルの声《こえ》。

『あたしがいるベンチと、虎太郎《こたろう》クンのいるピッチャーマウンドじゃ直接話《ちょくせつはな》せないから、頭《あたま》の中《なか》に話《はな》しかけてるの。虎太郎《こたろう》クンも同《おな》じように受《う》けこたえできるから』

『すごい。そうなんだ。ありがとう』

テレパシーみたいなものか。さすが天女《てんにょ》。見習《みなら》いだけど。
そして、さあ、いよいよぼくの出番《でばん》。がんばって投《な》げないと。ぜったいに生《い》きかえって
やるんだ。
ぼくはステップをふんで、大《おお》きく腕《うで》をふりかぶる。そしてキャッチャーミットめがけて、
思《おも》いっきり球《たま》を投《な》げこんだ。
バシッと音《おと》をひびかせてストライクをとると、相手《あいて》ベンチからは、
「おお！」
「やりおる！」
というおどろきの声《こえ》があがっていた。
頭《あたま》の中《なか》で、どんなもんだ、といってやる。謙信《けんしん》ほどじゃないけど、ぼくだって球速《きゅうそく》には
自信《じしん》があるんだから。
ぼくは松永久秀《まつながひさひで》を三球三振《きゅうさんしん》にして、つづく相手《あいて》の二番《ばん》、三番《ばん》も順調《じゅんちょう》に打《う》ちとった。初回《しょかい》
は無難《ぶなん》にスリーアウトチェンジ。
「おつかれさまっ。三振《さんしん》もとれたし、調子《ちょうし》いいねっ」

ベンチにもどると、ヒカルがにっこりわらっていってくれた。

「うん。ぜんぶは無理《むり》だけど、なるべく三振《さんしん》とっていかないと……」

いかないと、仲間《なかま》がエラーしちゃうかもしれないし、と、こころの中《なか》でつけたした。

二回表《かいおもて》

二回表《かいおもて》、こちらの攻撃《こうげき》は信長《のぶなが》から。

さあ、どんなバッティングだろう。ぼくがベンチでドキドキしていると、

「殿《との》。スパイクをあたためておきましたぞ」

秀吉《ひでよし》がささっと信長《のぶなが》の足元《あしもと》に近《ちか》づき、ふところからスパイクをとりだした。

「うむ、ご苦労《くろう》」

なにをやってるんだろう？　ぼくはヒカルに目《め》をむけて聞《き》いてみる。

「あのね、秀吉《ひでよし》さんは生《い》きてるときから、ああして信長《のぶなが》さんのぞうりをあたためて機嫌《きげん》をとっていたんだ。信長《のぶなが》さんはよく気《き》がつくヤツだって、そこを気《き》にいってたみたい」

「そうなんだ。よっぽどこわかったんだね、信長《のぶなが》さんが」

「やかましいわ！」

ぼくの言葉《ことば》に、秀吉《ひでよし》がすかさずつっこんでくる。芸《げい》がこまかい。さすがサルだ。

一方《いっぽう》、信長《のぶなが》はそのスパイクをはいてバットをとると、あいかわらず不機嫌《ふきげん》な感《かん》じでバッターボックスにむかっていった。

「ねえ、ヒカル。信長《のぶなが》さんのバッティングはどうなの？」

あれだけえらそうなんだから、もしかしたらすごいスイングをするのかもしれない。

「わかんない。打《う》つときはすごいけど……」

「すごいけど？」

ストライク！　ストライク！　ストライク！

「だいたい三振《さんしん》かな」

「ちょ、ちょっと待《ま》って！　あんなにえらそうなのに？」

信長《のぶなが》は全球《ぜんきゅう》、空《から》ぶりして、それでもえらそうにベンチに帰《かえ》ってくる。

「クソボールばかり投《な》げおって」

文句《もんく》をいう信長《のぶなが》。ならふらなきゃいいし、球《たま》はぜんぶ、真《ま》ん中《なか》だったじゃないか。

「つぎの五番打者《ばんだしゃ》は真田幸村《さなだゆきむら》さんだね」

「ああ、あの有名《ゆうめい》な」

ヒカルの言葉《ことば》で、ぼくは打席《だせき》にむかう真田幸村《さなだゆきむら》を見《み》る。

「知《し》ってるの？」

「クラスの歴史好《れきしず》きなヤツが話《はな》していたのを、聞《き》いたことがあるくらいだけど。たしか手下《てした》の十勇士《じゅうゆうし》をひきつれて、戦国時代《せんごくじだい》の終《お》わりくらいに活躍《かつやく》したひとでしょ？」

「そうっ。刀《かたな》も槍《やり》も得意《とくい》だったの。運動神経《うんどうしんけい》がいいんだよ」

「それは楽《たの》しみだね」

わらってぼくが前《まえ》を見《み》ると、真田幸村《さなだゆきむら》は左打席《ひだりだせき》にはいって、バットをとりだしていた。

だけど、

「な、なに、あれっ！」

ぼくはおもわずそう叫《さけ》ぶ。だって真田幸村《さなだゆきむら》が持《も》っていたのは、さきが十字架《じゅうじか》みたいに三《みっ》つにわかれている、変《へん》なバットだったのだ。

「それがし、生前《せいぜん》は槍《やり》が得意《とくい》だったでござる。このバットは愛用《あいよう》しておりました十文字槍《じゅうもんじやり》そっくりにつくりましたものにござる。審判殿《しんぱんどの》には事前《じぜん》に申請《しんせい》しておるでござる」

真田幸村《さなだゆきむら》はそのバットを見《み》せびらかすと、謙信《けんしん》をキッとにらんだ。

「おのれ、真田幸村《さなだゆきむら》。それがしをバカにするか」

謙信《けんしん》は目《め》をつりあげるけど、

「これがそれがしの本気《ほんき》でござる。気《き》になさらず投《な》げるがよいでござる」

真田幸村《さなだゆきむら》はそれにかまわない。

「ヒカル、だいじょうぶかな、あんなバット」

「うーん、どうだろ。本物《ほんもの》の槍《やり》みたいに使《つか》いこなすのかも」

ぼくとヒカルがひそひそ話《はな》していると、真田幸村《さなだゆきむら》はバッターボックスで変《へん》なかまえをとる。まるでビリヤードをするみたいに、バットの先端《せんたん》をピッチャーにむけてかまえたのだ。

「ナメおって！　吠《ほ》え面《づら》かくなよ！」

謙信《けんしん》はそう叫《さけ》ぶと、いつものように大《おお》きな投球動作《とうきゅうどうさ》で球《たま》をはなつ。

しかし、真田幸村《さなだゆきむら》はあせらない。冷静《れいせい》に球《たま》を見《み》きわめると、

「とおっ！」

と、雄叫《おたけ》びをあげて、バットを、まるで槍《やり》のようにつきだした。

「打《う》てるわけないじゃん！　そんなので！」

と、ぼくはつっこむけど、でもボールはバットの先端《せんたん》へ見事《みごと》にヒットする。

「うそだ――――！」

「いったでしょ、真田幸村《さなだゆきむら》さんは、武芸《ぶげい》の達人《たつじん》なのっ」

ヒカルは得意《とくい》げな顔《かお》でいう。たしかにいってたけど、そんな問題《もんだい》じゃない！

でも、そんなぼくのツッコミなんて、この世界《せかい》では気《き》にもとめられない。あんな変《へん》な打《う》ちかたなのに、真田幸村《さなだゆきむら》の打《う》ったボールは勢《いきお》いがすごかった。打球《だきゅう》はライナーになって、ピッチャーをおそう。

「くわっ」

と、謙信《けんしん》はさすがの反射神経《はんしゃしんけい》でグラブをだすけど、あてただけでキャッチはできない。

ボールは転々《てんてん》と、一塁手《るいしゅ》の真田信之《さなだのぶゆき》のほうへころがっていった。

ファーストを守《まも》る真田信之《さなだのぶゆき》はかけよってそれをひろうと、素早《すばや》くふりかえり、一塁《るい》へダッシュした。バッターランナーの真田幸村《さなだゆきむら》も、セーフを勝《か》ちとろうと必死《ひっし》で走《はし》っている。

「おおっ！　兄弟対決《きょうだいたいけつ》だね！」

ヒカルが興奮《こうふん》して、手《て》を胸《むね》の前《まえ》でくんだ。

「えっ。あのふたり、兄弟《きょうだい》なの？」

ぼくが聞《き》くと、ヒカルは前《まえ》を見《み》たままうなずく。

「関ヶ原《せきがはら》の合戦《かっせん》のときにね、血縁関係《けつえんかんけい》が理由《りゆう》で、信之《のぶゆき》さんは東軍《とうぐん》、幸村《ゆきむら》さんは西軍《せいぐん》に分《わ》かれたの。その関係《かんけい》が、地獄《じごく》でもつづいてるんだよ」

「へえ」

血縁関係《けつえんかんけい》が理由《りゆう》で敵味方《てきみかた》に分《わ》かれちゃうなんて、ちょっとかわいそうかな。

と、ちょっと同情《どうじょう》するけど、でもぼくのそんな気持《きも》ちをよそに、ふたりのデッドヒートはつづいていく。

「兄者《あにじゃ》、一塁《るい》はそれがしがもらい受《う》けるでござる！」

と、真田幸村《さなだゆきむら》。

「弟《おとうと》がすぎた夢《ゆめ》を見《み》るでないわ！」

と、真田《さなだ》信之《のぶゆき》。

兄《あに》と弟《おとうと》は、一塁《るい》をめぐってデッドヒートをくりひろげている。

どっちが勝《か》つんだ!? ぼくやヒカル、いや、ふたりだけじゃない。球場中《きゅうじょうじゅう》の目《め》は、真田《さなだ》兄弟《きょうだい》の競争《きょうそう》に釘《くぎ》づけだ。

「ぬおおおおお！」

「うりゃあああああ」

と、ふたりはさきをあらそって一塁《るい》にダッシュをつづける。つづけ……。

……——ない？ あれ？

「くううう！」

「うおりゃあ！」

と、かけ声《ごえ》だけあげて、ふたりはその場《ば》で足《あし》ぶみしている。そしてたがいをチラッ、チラッと見《み》やっては、おたがいに目《め》でなにやら合図《あいず》を送《おく》っていた。

「どうしたの？ あれ」

ヒカルに聞《き》くと、

「ううっ……。おたがいに勝《か》ちをゆずってるんだ。兄弟愛《きょうだいあい》だよっ」

と、なぜか涙声《なみだごえ》。

「あのふたりは、敵同士《てきどうし》になったあとも、おたがいに気《き》づかいあっていたんだよ。幸村《ゆきむら》さんは、大坂夏《おおさかなつ》の陣《じん》でお兄《にい》ちゃんとの戦《いくさ》をさけたし、信之《のぶゆき》さんは戦《いくさ》で負《ま》けた幸村《ゆきむら》さんの、命《いのち》乞《ご》いをしたりしていたんだ」

ハンカチで目元《めもと》をぬぐうヒカル。だけど一塁《るい》ベースを前《まえ》に足《あし》ぶみして、「どうぞどうぞ」状態《じょうたい》のアレは、ぼくから見《み》たらコントである。

「うおおおお！」(チラチラ)

「ぬううううう！」(チラチラ)

おたがいに、はやくいけとばかりにアイコンタクト。

「いいかげんにせんかっ！」

業《ごう》を煮《に》やした信長《のぶなが》が、ついに怒《おこ》った声《こえ》をあげた。すると、相手《あいて》の真田信之《さなだのぶゆき》が、

「いけ、いいからいくのじゃ。信長殿《のぶながどの》がお怒《いか》りではないか」

真田幸村《さなだゆきむら》のせなかをポンとたたく。

「くう。すまんでござる」

しっかり聞《き》こえるヒソヒソ声《ごえ》でふたりは話《はなし》をするけど、

「あ、せなかをたたいたのでタッチアウトです」

見《み》ていた青鬼《あおおに》がアウトのポーズ。

『え』

真田兄弟《さなだきょうだい》の声《こえ》がかさなる。うん、たしかにタッチしてた。アウトだ。

そのあと、ベンチに帰《かえ》ってきた真田幸村《さなだゆきむら》は、怒《いか》れる信長《のぶなが》になぐられてた。

打席《だせき》では六番《ばん》の徳川家康《とくがわいえやす》も三振《さんしん》にたおれて、スリーアウトチェンジ。

二回裏《かいうら》

謙信《けんしん》から点《てん》をとるのは、簡単《かんたん》じゃなさそうだ。

だけど、ぼくが点《てん》をとられさえしなければ、負《ま》けはない。

よし！　気合《きあ》いをいれていこう。

ぼくは気持《きも》ちをひきしめる。この回《かい》の先頭《せんとう》バッターは、四番《ばん》の武田信玄《たけだしんげん》だ。

『ヒカル、信玄《しんげん》さんはどうなの？　四番《ばん》だから、やっぱり長打《ちょうだ》があるとか？』

『うーん。信長《のぶなが》さんと一緒《いっしょ》かな。あたれば大《おお》きいらしいけど』

ヒカルのこたえを聞《き》いて、ぼくは作戦《さくせん》をたてる。長距離砲《ちょうきょりほう》なら、高《たか》めはダメだ。低《ひく》いところをていねいに攻《せ》めていかないと。

頭《あたま》の中《なか》を整理《せいり》して、ぼくはバッターボックスを見《み》た。そこには信玄《しんげん》がたっていたけど、でも、どうしてかバットを持《も》っていない。

「どうしたの？　バットは？」

大《おお》きな声《こえ》で、ぼくはバッターボックスの信玄《しんげん》にいった。すると信玄《しんげん》は、自分《じぶん》が持《も》っている軍配《ぐんばい》をかざして見《み》せて、

「虎太郎《こたろう》よ。ワシのバットはこれじゃ！」

と、とんでもないことをいいだした。

「え、え、なにそれ。それで打《う》つの？」

おそるおそる聞《き》くと、信玄《しんげん》はゆっくりとうなずいた。

風林火山

「400年《ねん》、ワシはこの軍配《ぐんばい》とともに生《い》きてきた。いや、死《し》んできた。バットなどより、こちらのほうが手《て》になじむわい」

「あ、あの、審判《しんぱん》の鬼《おに》さん……。あれ、いいの？」

球審《きゅうしん》の赤鬼《あかおに》にたしかめると、

「えー、事前《じぜん》に申請《しんせい》がありましたので……」

気《き》がすすまない様子《ようす》だけど、どうやらオーケーらしい。

いいのかな。あんなので打《う》てるわけないのに。

「ホ、ホントにそれでいいの？　打《う》てないからって、あとで怒《おこ》ったりしない？」

もういちど声《こえ》をかけるけど、信玄《しんげん》はぼそっと、

「しずかなること林《はやし》の如《ごと》く」

と、いっただけでぼくに返事《へんじ》をしない。代《か》わりに深呼吸《しんこきゅう》をして、まるで気持《きも》ちをおちつけるように、息《いき》をはきだした。

いいのかな？　あんなもので打《う》てるはずがないと思《おも》うんだけど。こっちだって命《いのち》がかかっているんだから、手《て》かげんできないし。

ようし。とりあえず一球《いっきゅう》、投《な》げてみよう。

ぼくは高《たか》めにうかないように注意《ちゅうい》して、キャッチャーミットめがけて思《おも》いっきり投《な》げる。

投《な》げた球《たま》はズバッと思《おも》ったとおりの場《ば》所《しょ》にきまり、これでワンストライク。

「どう？　まともなバットに持《も》ちかえたら？」

ぼくはかえってきたボールを受《う》けとりながらいうけど、信玄《しんげん》はニヤッとわらって、

「動《うご》かざること山《やま》の如《ごと》く」

といった。意味《いみ》がわからない。

ぼくはふりかぶって、もういちど、同《おな》じコースにボールを投《な》げる。

軍配《ぐんばい》なんかで打《う》てるわけがない。これでツーストライクだ。

こころの中《なか》でそう確信《かくしん》したぼくは、腕《うで》をふりきりながら、投《な》げたボールを見《み》る。

でも、それはキャッチャーミットにははいらなかった。

「侵略《しんりゃく》すること火《ひ》の如《ごと》く」

信玄《しんげん》はそう叫《さけ》ぶと、持《も》っていた軍配《ぐんばい》をものすごい速《はや》さでふりぬき、ボールにヒットさせた。

それはライナー性《せい》のあたりで、ボールはグランドのむこうを流《なが》れる川《かわ》まで一気《いっき》に飛《と》んでいく。

ホームラン。

「速《はや》きこと、風《かぜ》の如《ごと》し。これが、秘技《ひぎ》、風林火山打法《ふうりんかざんだほう》じゃ」

信玄《しんげん》は得意《とくい》げにいって、かぶとにつけている白《しろ》い毛《け》をゆらしながら、ダイヤモンドを一周《いっしゅう》した。

「そんな……」

『すごいね、信玄《しんげん》さんの風林火山打法《ふうりんかざんだほう》』

ヒカルの声《こえ》が伝《つた》わってくる。

『あれが、そうなの？　意味《いみ》わかんないよ』

『信玄《しんげん》さんはね、中国《ちゅうごく》の古《ふる》い兵法学者《へいほうがくしゃ》さんの、風林火山《ふうりんかざん》って言葉《ことば》を旗印《はたじるし》にしてたんだ。その速《はや》きこと風《かぜ》の如《ごと》く、しずかなること林《はやし》の如《ごと》く、侵略《しんりゃく》すること火《ひ》の如《ごと》く、動《うご》かざること山《やま》の如《ごと》し、って。これを参考《さんこう》にして信玄《しんげん》さんは戦《いくさ》をして、戦国最強《せんごくさいきょう》って呼《よ》ばれていたんだよ』

『そんなの、野球《やきゅう》に関係《かんけい》ないよ……』

いわれてみればたしかに、打《う》つとき、なんかブツブツいってたっけ。でも、どうやってそんなので打《う》てるようになるんだ。

「ゆだんしたわけじゃないのに……」

どうして。ここの野球《やきゅう》は、なにかがちがう。

くやしくて、ぼくは足元《あしもと》に目《め》をうつす。リードを許《ゆる》してしまった。どうしよう。このまま味方《みかた》が点《てん》をとってくれなかったら、ぼくは死《し》んじゃうんだ……。

気持《きも》ちの中《なか》にあせりがでてくる。手《て》のひらに、いやな汗《あせ》がにじんだ。もう、……生《い》きかえれないかも……。

「どうしたでおじゃるっ。はやく投《な》げぬかっ」

つぎの打者《だしゃ》の今川義元《いまがわよしもと》が、打席《だせき》にたってぼくをせかす。

「あ、う、うん。ごめんなさいっ」

気持《きも》ちはまだ整理《せいり》しきれていなかったけど、いつまでも投《な》げないわけにはいかない。ぼくは歯《は》を食《く》いしばって、つぎの球《たま》を投《な》げる。

だけどあせりのためか、投《な》げた球《たま》は高《たか》めのあまいところにはいってしまった。

「絶好球《ぜっこうきゅう》でおじゃるよ！」

今川義元《いまがわよしもと》は大《おお》きくバットをふる。ボールはふられたバットに食《く》いこむようにヒットして、三遊間《さんゆうかん》を鋭《するど》くおそった。

「しまったっ！」

三遊間《さんゆうかん》を抜《ぬ》けたら、また長打《ちょうだ》だ。レフトがきちんと送球《そうきゅう》してくれたら、せめてシングルヒットで終《お》わるかもしれないけど……。

——いや、守備《しゅび》にたよっちゃいけない。きっとまた……。

あきらめたようにそう思《おも》うと、

「とおっ！」

と、かけ声《ごえ》をあげて、ショートの毛利元就《もうりもとなり》がその打球《だきゅう》に飛《と》びついた。

ギリギリのところでキャッチした毛利元就《もうりもとなり》は、素早《すばや》くたちあがって一塁《るい》に送球《そうきゅう》。今川義《いまがわよし》元《もと》は懸命《けんめい》に一塁《るい》をかけぬけるけど、

「アウト！」

審判《しんぱん》の腕《うで》はたてにふりおろされた。

——すごい！

しょうじきいって、おどろいた。守備《しゅび》の素早《すばや》さもそうだけど、なによりまったくアテにしていなかったから。

本当《ほんとう》に、すくわれたような気分《きぶん》だった。なんとなく、こころの中《なか》で閉《と》ざした部分《ぶぶん》に光《ひかり》をあてられたような気《き》がする。

「虎太郎《こたろう》クン。どしどし打《う》たせなさい！　うしろはまかせろ！」

いいとこを見《み》せた毛利元就《もうりもとなり》が、歯《は》をキラリとかがやかせてわらった。

「う、うん、ありがとう」

ぼくはそういって、前《まえ》をむく。そして自分《じぶん》のこころをひきしめた。

ダメだ。いい守備《しゅび》があったからって、ゆだんしちゃいけない。たしかに、さっきはたまたまうまくいったけど、これからもそうなるとはかぎらないじゃないか。

あのときみたいに、信頼《しんらい》なんて簡単《かんたん》にこわれてしまうのに。

——でも、あんな守備《しゅび》をしてくれるんなら、ちょっとは安心《あんしん》かな。

自分《じぶん》の表情《ひょうじょう》が、少《すこ》しゆるんでしまったのがわかる。

よし。気合《きあ》いのいれなおしだ。

ぼくはそのあと、六番《ばん》、七番《ばん》とつづく打順《だじゅん》を、なんとかおさえて、二回《かい》の裏《うら》を終《お》えた。

一点《いってん》とられて、スコアは０―１。打線《だせん》の爆発《ばくはつ》を期待《きたい》しよう。

三回表《かいおもて》

三回表《かいおもて》のぼくたちファルコンズの攻撃《こうげき》は、七番《ばん》、前田慶次《まえだけいじ》から。

「おい、虎太郎《こたろう》よ〜。さっきは一点《いってん》とられてよっくたちなおったな。なかなか、かぶいてるぜ、おまえ」

前田慶次《まえだけいじ》は打席《だせき》にむかう前《まえ》、肩《かた》にバットをかついで話《はな》しかけてきた。

「うん。守備《しゅび》に助《たす》けられたよ。これからはひとりでアウトをとれるようにしなくちゃ」

「ふはは。ひとりで、か。かぶいてるねー。それができればいいけどな」

そういいのこすと、前田慶次《まえだけいじ》は、がに股《また》で歩《ある》いて打席《だせき》にむかっていく。

「ねえ、ヒカル。『かぶいてる』ってなに？　それにあのひと、なんであんなに着《き》ているものが派手《はで》なの？」

他《ほか》のひとの鎧《よろい》は、みんな黒《くろ》っぽかったり地味《じみ》めの色《いろ》なんだけど、あの前田慶次《まえだけいじ》ってひとの鎧《よろい》だけは真《ま》っ赤《か》っか。かぶとはとんがってるし、ちょっと他《ほか》のひととちがう。

「あのひとは生前《せいぜん》、かぶき者《もの》で有名《ゆうめい》だったんだよ。かぶいてるっていうのは、かぶき者《もの》だねって意味《いみ》だと思《おも》うな」

羽《はね》をパサパサと動《うご》かしながら、ヒカルが説明《せつめい》してくれる。

「かぶき者《もの》って？」

「えっとねえ、派手《はで》な服《ふく》を着《き》たりして、権力《けんりょく》に反抗《はんこう》するひとたちだよ」

「不良《ふりょう》ってこと？」

「んー。ちょっとちがうけど、似《に》てるかも」

ヒカルはクスッとわらう。そうか、あのひと、不良《ふりょう》なのか。たしかに目《め》つきもよくない。

でも、ああいうひとにかぎって運動神経《うんどうしんけい》はいいから、もしかしたらやってくれるかも。

ぼくがそう考《かんが》えていると、そのとき。

カッキーンという大《おお》きな音《おと》が、バッターボックスから聞《き》こえてくる。あわてて目《め》をもどして打球《だきゅう》を追《お》うと、それは左中間《さちゅうかん》をまっぷたつに割《わ》って、フェンスまでころがっていた。

すごい！　長打《ちょうだ》コースだ！

打《う》った前田慶次《まえだけいじ》はゆっくりと走《はし》り、よゆうたっぷりに二塁《るい》にすすむ。そして、謙信《けんしん》にむかって大《おお》きな声《こえ》でいった。

「オメーがおれに打《う》たせたくなさそうだから、打《う》ってやったんだよ〜。ざまあみろ！」

さいごにヘッとわらって、前田慶次《まえだけいじ》はコキコキと首《くび》を鳴《な》らす。

「さすがかぶき者《もの》だねえ」

のんきなヒカルに、

「いや、おかしいでしょ！」

おもわずつっこむ。そんな理由《りゆう》で打《う》てるわけないじゃないか！　と、思《おも》ったけど、もう自分《じぶん》の常識《じょうしき》が通用《つうよう》する場所《ばしょ》ではないとあきらめていた。

はあと息《いき》をついてふと見《み》ると、前田慶次《まえだけいじ》の態度《たいど》を見《み》たマウンドの謙信《けんしん》は、口《くち》をへの字《じ》にまげて顔《かお》を赤《あか》くしていた。

「あっ。ねえねえ、ヒカル。謙信《けんしん》さん、そうとうイライラしてるね」

「うん。怒《おこ》っちゃってこわいよ」

「そうだね。でもさ、ピッチャーが冷静《れいせい》さをなくしたらダメだよ。投《な》げることに集中《しゅうちゅう》できなくなったら、コントロールがくるっちゃう」

「そうなんだ。じゃあチャンスかもだねっ」

ぼくはヒカルにうなずいた。そして、予想《よそう》は的中《てきちゅう》する。

謙信《けんしん》はそのあと、八番《ばん》の伊達政宗《だてまさむね》をフォアボールで歩《ある》かせると、また顔《かお》をしかめた。だいぶイラついているようで、マウンドの土《つち》をけっとばしている。

そしてつぎはぼくの打順《だじゅん》だ。

バッターボックスにはいると、謙信《けんしん》がつりあげた目《め》でぼくを見《み》る。どうしようかと思《おも》ったけど、ここはもっとイライラさせて集中力《しゅうちゅうりょく》を乱《みだ》すほうがやりやすい。

ぼくは、わざとゆっくりした動作《どうさ》で打席《だせき》にはいってから、バットをたてた。すると謙信《けんしん》はますます目《め》をつりあげて、怒《いか》りにまかせてボールを投《な》げてくる。

球《たま》の勢《いきお》いはあいかわらずすごかったけど、

「ボール」

外《そと》に大《おお》きくはずれた。ねらったとおり。

そのあとも、ぼくはバントのかまえだけをしたり、バッターボックスの中《なか》でたつ位置《いち》を変《か》えたりして、謙信《けんしん》にゆさぶりをかけつづけた。

「謙信《けんしん》さん、コントロールがよくないね。敬遠《けいえん》してくれるの？」

からかう口調《くちょう》でマウンドの謙信《けんしん》にいうと、

「ぐうううう！」

ろこつにくやしがる謙信《けんしん》。

そのあともイライラしている謙信《けんしん》はコントロールが定《さだ》まらない。けっきょく、ぼくはフォアボールになって一塁《るい》に歩《ある》いていく。

「でかしたぞ！　虎太郎《こたろう》！」

ベンチで信長《のぶなが》もよろこんでいる。それもそのはず。状況《じょうきょう》はノーアウト満塁《まんるい》だ。

「いけ！　ハゲネズミ！　あたってでも点《てん》をとってこい！　全員野球《ぜんいんやきゅう》で逆転《ぎゃくてん》するぞ！」

信長《のぶなが》はメチャクチャなことをいって、秀吉《ひでよし》を打席《だせき》に送《おく》る。

秀吉《ひでよし》はヘラリと自信《じしん》なさげな半《はん》わらいをうかべたけど、調子《ちょうし》を悪《わる》くした謙信《けんしん》に助《たす》けられて、けっきょく、フォアボールになった。

そして押《お》しだされる形《かたち》で、三塁《るい》の前田慶次《まえだけいじ》が本塁《ほんるい》に帰《かえ》ってくる。

これで同点《どうてん》。1－1だ！

ベンチでは太鼓《たいこ》や鐘《かね》など、鳴《な》りものを鳴《な》らしまくり、大騒《おおさわ》ぎしている。信長《のぶなが》は帰《かえ》ってきた前田慶次《まえだけいじ》のせなかを、バシバシとたたいて、「ようやった」と、ほめまくっていた。

しかも攻撃《こうげき》はまだまだ終《お》わらない。ノーアウトで満塁《まんるい》のままなのだ。

そして打順《だじゅん》は二番《ばん》、島津義久《しまづよしひさ》である。

『ねえ、ヒカル。あのひと、さっきの打席《だせき》は三振《さんしん》してたけど、打《う》つのかな』

二塁《るい》ベースの上《うえ》で、ヒカルに聞《き》く。一回《いっかい》の打順《だじゅん》ではたしか、全球《ぜんきゅう》、見逃《みのが》して三振《さんしん》だったはずだ。

『運《うん》しだいかな。さっきのは凶《きょう》だったんじゃない？』

『凶《きょう》？』

『そう。島津義久《しまづよしひさ》さんはね、おみくじ打法《だほう》を得意《とくい》にしてるんだ』

『聞《き》くからに運《うん》まかせな打法《だほう》だね』

『そのとーり！　生《い》きてたときもね、政治《せいじ》とか戦《いくさ》でいきづまったら、おみくじひいてどうするかきめてたらしいよ。野球《やきゅう》でもおんなじだよ』

『……すごい。なんて運《うん》まかせなひとだ』

そういってバッターボックスの島津義久《しまづよしひさ》を見《み》る。すると島津義久《しまづよしひさ》のわきには、たしかにおみくじの箱《はこ》がかかえられていた。しかもまさにいま、片手《かたて》をそれにつっこんで、ひいている最中《さいちゅう》だ。

そして島津義久《しまづよしひさ》はひいたくじを見《み》ると、ニヤリとわらう。いい結果《けっか》がでたんだろうか。

「くだらんことをしよって！」

イラついている謙信《けんしん》はそう一喝《いっかつ》して、島津義久《しまづよしひさ》に第一球《だいいっきゅう》を投《な》げた。

どんなバッティングをするつもりだろう？　ぼくはそう思《おも》って島津義久《しまづよしひさ》を見《み》る。するとなんと、島津義久《しまづよしひさ》はバッターボックスで目《め》をつぶっていた。

『ふらずに見逃《みのが》すつもり？』

たしかに投《な》げられたボールは真《ま》ん中高《なかたか》め。ほうっておいてもボール球《だま》だけど、

『ちがうよっ！　よく見《み》て！』

ヒカルの言葉《ことば》と同時《どうじ》に、島津義久《しまづよしひさ》は、目《め》をつぶったままでバットを大《おお》ぶりした。そしてそれは、タイミングもコースも、謙信《けんしん》の球《たま》をバッチリとらえていたのだ。

「ほらっ！　おみくじ効果《こうか》！」

ヒカルが声《こえ》をだして叫《さけ》ぶ。

「そんなバカなっ！」

ぼくのツッコミをよそに、快音《かいおん》を鳴《な》らしたボールは、大《おお》きな大《おお》きな山《やま》なりのカーブをえがいていて、ぐんぐん飛距離《ひきょり》をのばしていく。

みんながぽかんとそれを見守《みまも》る中《なか》、球《たま》はやがて外野《がいや》フェンスを越《こ》えていった。

満塁《まんるい》ホームラン！

「すごい……。味方《みかた》ながらメチャクチャだ……」

本塁《ほんるい》をふんで、ぼくはつぶやく。

「でかしたぞ！　義久《よしひさ》！」

ベンチでは信長《のぶなが》が大声《おおごえ》をだしてたちあがり、拍手《はくしゅ》を送《おく》った。島津義久《しまづよしひさ》は、ガッツポーズでそれにこたえて、ダイヤモンドを一周《いっしゅう》して帰《かえ》ってくる。

うう。さすが地獄《じごく》。ぼくの中《なか》のなにかがこわれてしまいそうな状況《じょうきょう》だけど、これでスコアは5―1。がぜん、有利《ゆうり》になってきた。

「ほらねっ。勝《か》ちたい気持《きも》ちは、みんな一緒《いっしょ》なんだから！」

ヒカルが得意《とくい》げにいった。

「そうだね。これでだいぶ、よゆうができるよ」

四点《てん》のリードは大《おお》きい。あとはぼくがミスらずに投《な》げるだけだ。

一方《いっぽう》、相手《あいて》のチームでは、マウンドに内野手《ないやしゅ》が集《あつ》まっていた。カッカした謙信《けんしん》を、みんなでなだめている。

「つぎこそ、つぎこそかならずおさえてくれる！　全員《ぜんいん》、三振《さんしん》にしてくれるわ！」

マウンドで足《あし》ぶみして、謙信《けんしん》は大声《おおごえ》をあげている。あの様子《ようす》じゃ、まだまだフォアボールでランナーをためそうだな。

そう思《おも》ってながめていると、

「しっかりせんかっ！」

武田信玄《たけだしんげん》がそう怒鳴《どな》って、謙信《けんしん》の腕《うで》を、ぐっとにぎった。

「お主《ぬし》らしくない！　ひとりで野球《やきゅう》をやっとるつもりか！　少《すこ》しは野手《やしゅ》を信頼《しんらい》せい！」

そういわれると、謙信《けんしん》は急《きゅう》に我《われ》にかえったようになって、

「……わかった。かたじけない」

と、すなおにうなずく。そして顔色《かおいろ》をみるみる元《もと》にもどしていった。

「あれ。おちついちゃった」

ぼくがつぶやくと、

「おお～。男《おとこ》の友情《ゆうじょう》だね～」

ヒカルが感心《かんしん》したようにいう。

「友情《ゆうじょう》はわかるけど、でも、たしかあのふたり、生《い》きてるときは敵同士《てきどうし》だったんだよね？　教科書《きょうかしょ》に書《か》いてあったと思《おも》うんだけど」

「そうだよ。でもね、あのふたりは敵同士《てきどうし》だったけど、さっきいったように謙信《けんしん》さんは信《しん》玄《げん》さんへ塩《しお》を送《おく》ったりしていたし、ふたりには奇妙《きみょう》な信頼関係《しんらいかんけい》があったんだ」

「敵同士《てきどうし》なのに？」

「そう。信玄《しんげん》さんが死《し》んだとき、謙信《けんしん》さんはすごく悲《かな》しんだらしいよ」

「へえ。それは、なんだかめずらしい関係《かんけい》だね」

「信玄《しんげん》さんもね、自分《じぶん》の子供《こども》に、なにかあったら謙信《けんしん》をたよれっていいのこしたくらいなんだ。そんなこともあってね、ふたりは地獄《じごく》にきてから仲《なか》よくなったってわけ」

「そうなんだ」

たしかクラスの歴史《れきし》好《ず》きの話《はなし》では、純粋《じゅんすい》な戦《いくさ》のうまさでは、あのふたりが戦国時代《せんごくじだい》で一番《いちばん》だったかもしれないっていってたっけ。そんなふたりがタッグをくんでるんだから、野球《やきゅう》でだって、それは強《つよ》いだろうな。

「でも、野手《やしゅ》を信頼《しんらい》しろって変《へん》なの。味方《みかた》にたよらずに、自分《じぶん》のことは自分《じぶん》でやるにこしたことはないのにさ」

ぼくがいうと、ヒカルが首《くび》をかしげた。

「そお？　野球《やきゅう》はやったことがないからわからないけど、みんながバックにいると思《おも》ったほうがこころ強《づよ》くない？」

「たしかにそうだけどさ、やっぱり野手《やしゅ》には迷惑《めいわく》かけないようにしないと。自分《じぶん》でアウトにできるんなら、なるべくそうしたほうがいいよ」

それに守備《しゅび》を信頼《しんらい》しきったら、あとで痛《いた》い目《め》を見《み》るんだ。――以前《いぜん》のぼくのように。

「えー。そうなのかなあ。あたしなら、みんなに守《まも》ってもらったほうが力《ちから》がでそう」

「……むかしはぼくもそう思《おも》ってたけどね。チームプレーは大切《たいせつ》だって」

こたえると、ヒカルが不思議《ふしぎ》そうな顔《かお》をして、ぼくの顔《かお》をのぞきこんだ。

「ま、前《まえ》にちょっとそう思《おも》うことがあってね。それより、相手《あいて》チームは予想《よそう》してた以上《いじょう》に手強《てごわ》いよ。四点差《てんさ》があるけど、これじゃゆだんできないな」

「そうだよ。がんばらないとっ！」

羽《はね》をパサパサとさせ、わらってはげましてくれるヒカル。ぼくも笑顔《えがお》でうなずいた。

その後《ご》、自分《じぶん》の投球《とうきゅう》をとりもどした謙信《けんしん》は、毛利元就《もうりもとなり》、信長《のぶなが》、真田幸村《さなだゆきむら》をあっさりとアウトにした。

ここからの得点《とくてん》はむずかしいかもしれない。ぼくががんばらないと。

三回裏《かいうら》

ぼくはひとつの決断《けつだん》をして、マウンドにたつ。

『ヒカル、ここからはぼくの秘密兵器《ひみつへいき》をだすよ』

『どういうこと？』

『あのね。しょうじきにいって、むこうのひとたちの実力《じつりょく》は、ぼくの想像以上《そうぞういじょう》だった。きっと、このままじゃおさえられない』

謙信《けんしん》の球《たま》はすごいし、ホームランは打《う》たれるし。なんていうか、相手《あいて》はときどき、予測《よそく》不可能《ふかのう》なとんでもない実力《じつりょく》を発揮《はっき》する。ちょっと変《へん》だけど。

『そうなんだ。それで、どうするの？　虎太郎《こたろう》クンも必殺技《ひっさつわざ》？』

『まあ、そんなとこ』

そう。この四点差《てんさ》を守《まも》るには、ぼくのとっておきを使《つか》うしかない。

ぼくは先頭《せんとう》の真田信之《さなだのぶゆき》をひとにらみして、グラブの中《なか》でボールをにぎった。

だいじょうぶ。ぼくなら、きっといけるはずだ。

プレイボールの声《こえ》がかかると、こころにそういいきかせて、腕《うで》を頭《あたま》の上《うえ》でふりかぶる。

そして指先《ゆびさき》に神経《しんけい》を集中《しゅうちゅう》させて、力《ちから》いっぱいボールを投《な》げた。

すると球《たま》はいつもとはちがうコースで、キャッチャーミットにむかっていく。

それを見《み》た真田信之《さなだのぶゆき》は、

「おおうっ」

と、うめいて、まったくズレたタイミングでバットをふった。

「こ、これは……、ボールがまがった？」

キャッチャーミットにおさまったボールを見《み》て、真田信之《さなだのぶゆき》は不思議《ふしぎ》そうな声《こえ》をだす。

「おどろいた？　地獄《じごく》じゃ見《み》たことないでしょ？　これはカーブっていうんだ」

ちょっと得意《とくい》げに、いってやった。

ぼくの所属《しょぞく》する少年野球《しょうねんやきゅう》リーグでは変化球《へんかきゅう》は禁止《きんし》だけど、中学校《ちゅうがっこう》で硬式野球《こうしきやきゅう》にうつったら使《つか》ってやろうと思《おも》って、ひそかに練習《れんしゅう》していたボールだ。

まだまだコントロールが定《さだ》まらないから、いままで使《つか》わなかったけど、もうそんなことをいっていられない。

ぼくの速球《そっきゅう》とゆるいカーブのくみあわせなら、簡単《かんたん》には打《う》たれないだろう。

「うぬう、こしゃくな！」

18

と、相手《あいて》の威勢《いせい》はいいけど、けっきょく、真田信之《さなだのぶゆき》から謙信《けんしん》、松永久秀《まつながひさひで》とつづく打線《だせん》を、ぼくはすべて三振《さんしん》にきってとった。

ぼくの必殺球《ひっさつきゅう》の解禁《かいきん》に、むこうはざわめいている。

残念《ざんねん》だけど、もう簡単《かんたん》には打《う》たせないよ。

3章《しょう》 三《さん》振《しん》かチームプレーか！

	1	2	3	4	5	6	7	8	9	計	H	E
桶狭間	0	0	5							5	2	0
川中島	0	1	0							1	1	0

OKEHAZAMA Falcons

1	豊臣　秀吉	右
2	島津　義久	中
3	毛利　元就	遊
4	織田　信長	一
5	真田　幸村	二
6	徳川　家康	捕
7	前田　慶次	左
8	伊達　政宗	三
9	山田虎太郎	投

Kawanakajima Thunders

1	松永　久秀	中
2	山本　勘助	二
3	明智　光秀	遊
4	武田　信玄	捕
5	今川　義元	左
6	直江　兼続	三
7	朝倉　義景	右
8	真田　信之	一
9	上杉　謙信	投

B
S
O

UMPIRE

CH	1B	2B	3B
赤	青	黄	緑
鬼	鬼	鬼	鬼

四回表《かいおもて》

ベンチにもどると、

「すごい球《たま》だったねっ、虎太郎《こたろう》クン。グイーンってまがったよっ、グイーンって！」

と、ヒカルが手《て》をうねうねまげて、カーブの球筋《たますじ》をあらわした。

「ホントはまだ練習中《れんしゅうちゅう》の球《たま》だけどね。ああでもしないと、なんか謎《なぞ》の実力《じつりょく》あるから。戦国《せんごく》武将《ぶしょう》のひとたち」

ぼくは汗《あせ》をふいて、ヒカルにこたえる。

「現世《げんせ》の野球《やきゅう》も進化《しんか》しておるわい。たまには視察《しさつ》のために化《ば》けてでんとなあ」

秀吉《ひでよし》もぼくをほめるけど、

「だが、虎太郎《こたろう》よ」

信長《のぶなが》だけは、まじめな声《こえ》だ。

「なに？」

「たしかにあの幻惑《げんわく》する球《たま》を使《つか》えば、しばらくは相手《あいて》をおさえられるであろう。だが、それも相手《あいて》の目《め》がなれるまで。そのあとはどうなるかわからぬぞ」

「うん……。でも、なるべく打《う》たれないように、三振《さんしん》でアウトをとりたいんだ。味方《みかた》にたよらないように、自分《じぶん》のことは自分《じぶん》でしていかなきゃ」

「三振《さんしん》？　チームプレーにたよらず、おまえひとりの力《ちから》でどこまでやれる？　まあ、拝《おが》ませてもらおうか」

信長《のぶなが》は腕《うで》をくんでそういう。そして、

「しかし、長《なが》いな」

と、グランドを見《み》てつぶやいた。

そこではキィーンとバットから音《おと》を鳴《な》らして、徳川家康《とくがわいえやす》がファールを打《う》っていた。徳川《とくがわ》家康《いえやす》のファールはこれで二十球目《にじゅっきゅうめ》。

「たしかに、長《なが》い」

ぼくもグチるようにいった。

「そだねー」

ヒカルもお菓子《かし》をポリポリ食《た》べながらこたえる。

徳川家康《とくがわいえやす》のねばりは予想以上《よそういじょう》というか、予想《よそう》のななめ上《うえ》というか。ピッチャーの謙信《けんしん》も息切《いきぎ》れしているし、見《み》ているほうもうんざりだ。

「徳川家康《とくがわいえやす》さんはね、『鳴《な》かぬなら鳴《な》くまで待《ま》とうホトトギス』っていわれてたくらい、忍耐強《にんたいづよ》いの。チャンスボールがくるまで、ひたすら待《ま》つつもりじゃないかな」

ヒカルが説明《せつめい》してくれるけど、

「それにしたって……、ねえ？」

ぼくはうしろを見《み》る。

そこでは、徳川家康《とくがわいえやす》の打席《だせき》にあきてしまった武将《ぶしょう》たちが、ワイワイ騒《さわ》ぎながら虫《むし》とりをはじめていた。秀吉《ひでよし》は木《き》に登《のぼ》ってセミをとっていて、ぼくはそれを見《み》て、やっぱりサルそっくりだなあと思《おも》った。

「ねえねえ、虎太郎《こたろう》クン」

秀吉《ひでよし》を見《み》ていると、ヒカルが羽《はね》をパタパタさせて話《はな》しかけてくる。

「ん？　なに？」

「虎太郎《こたろう》クンってさ、いっつも三振《さんしん》とろうとするよね？　どうして？　バッターによっては打《う》たせてとったほうが、投《な》げやすいんじゃないの？」

「たしかに、そうかもしれないよ。でも……」

──エラーされちゃうかも。と、思《おも》ったけど、のこりの言葉《ことば》は口《くち》にはださなかった。

「そうでしょ？　打《う》たせてとるピッチングにすれば、球数《たまかず》だって少《すく》なくなるかも。ぜんぶ三振《さんしん》なんてできないんだからさっ。チームプレーは大切《たいせつ》だよ」

「うん……。たしかにぜんぶ三振《さんしん》なんて無理《むり》だけどさ。でも、なるべく自分《じぶん》だけでゲームはすすめたいな。だって守備《しゅび》を信頼《しんらい》しちゃったら……」

「しちゃったら？」

「……えっと、去年《きょねん》の話《はなし》だけど……」

去年《きょねん》、ぼくは現世《げんせ》で、いまとは別《べつ》のチームにはいっていた。そこでもピッチャーとして投《な》げていたけど、いまとはちがって、打《う》たせてとるピッチングをこころがけていた。

でも、ある日《ひ》の試合《しあい》。もう少《すこ》しで試合《しあい》に勝《か》てるって場面《ばめん》で、セカンドを守《まも》るチームメイトが簡単《かんたん》なゴロをトンネルした。

ぼくは責任《せきにん》を感《かん》じさせないように、わらって「ドンマイ」っていったけど、でもそいつは口《くち》をとがらせて、ピッチャーマウンドに歩《ある》いてきた。

「どうして、おれのほうばっかり打《う》たせるんだよ」

エラーをしたそいつは、ぼくに文句《もんく》をいう。

「え、え。あの、ごめん……」

「もうこっちに打《う》たせるなよな。迷惑《めいわく》だよ」

「ご、ごめんよ。でも、打球《だきゅう》がどこに飛《と》ぶかなんて……」

「じゃあ、打《う》たさなけりゃいいだろ！　三振《さんしん》とれよ！　おまえのピッチング見《み》てたら弱気《よわき》すぎてイライラするんだよ！　守備《しゅび》にばっかりたよるなよな！」

「で、でも……」

どう考《かんが》えても責《せ》める立場《たちば》が逆《ぎゃく》だと思《おも》ったけど、とっさに言葉《ことば》がでてこない。

まごついていると、他《ほか》のチームメイトが寄《よ》ってきて、

「ほら、もうやめとけよ」

と、とりなしてくれる。助《たす》かったと思《おも》ったら、

「まあ、たしかに虎太郎《こたろう》って、打《う》たせてとる球《たま》ばっかり投《な》げてるけど、こいつ自身《じしん》はたよりないよな。球《たま》は速《はや》いんだけど、弱気《よわき》すぎるっていうかさあ。なあ、たまには三振《さんしん》でビシッとしめてくれよ」

と、無茶《むちゃ》をいってくる。

「えっと、でも……」

「たまにはひとりでやってみろよ」

そういうと、チームメイトたちは自分《じぶん》の守備位置《しゅびいち》にもどっていった。

――どうしたらいいんだ……。

納得《なっとく》できなかったけど、いつまでもつぎの打者《だしゃ》を待《ま》たせるわけにもいかない。とりあえずなんとか三振《さんしん》をとって、あとでみんなで話《はな》しあおう。

ぼくはそう思《おも》って、つぎの球《たま》を投《な》げた。

空《から》ぶりをとろうと思《おも》って低《ひく》めに投《な》げた球《たま》だったけど、でもバッターは球《たま》に食《く》らいつき、バットにあててしまう。

あてられたボールは、転々《てんてん》とセカンドにころがっていくけど、

「あっ！」

そのセカンドが、またもトンネル。

けっきょく、そのプレーが原因《げんいん》で、ぼくたちのチームは負《ま》けてしまった。


「こっちに打《う》たせるなっていっただろ！」

試合《しあい》のあと、セカンドのチームメイトがぼくを責《せ》める。ぼくはうまくいいかえせなくて
他《ほか》の仲間《なかま》からの助《たす》けを待《ま》つけど、

「やっぱり虎太郎《こたろう》はたよりないなあ。かんじんなとこで三振《さんしん》とれないしさ」

といって、一緒《いっしょ》になってぼくを責《せ》めた。

「そんな、みんなで一緒《いっしょ》に守《まも》って、それがチームプレーじゃ……」

やっとの思《おも》いでぼくがいいかえすと、

「いってることはわかるけどさ、でもそれって、虎太郎《こたろう》にばっかり都合《つごう》よすぎだよ。さっきだって味方《みかた》のエラーを帳消《ちょうけ》しにするくらい、強気《つよき》なピッチングしてほしかったよ。それ

がエースってもんじゃないか」

「そうそう」

チームメイトは、みんなでそういう。

その試合《しあい》以降《いこう》、ぼくはもっと三振《さんしん》をとるようにって、みんなからいつもプレッシャーをかけられた。それをしめすように、守備《しゅび》の動《うご》きもどこかだらしなかった。

でも、だからといって、すぐにピッチングスタイルをきりかえることはできない。

だから、ぼくはチームをやめた。そして三振《さんしん》をとれるスピードを身《み》につけてから、別《べつ》のチームにはいったんだ。

あのときは、本当《ほんとう》にこころが痛《いた》かった。

それ以来《いらい》、チームメイトにたよって裏切《うらぎ》られるのが、すごくこわくなったんだ。


「なかなかおもしろい話《はなし》だが」

ヒカルに話《はな》していると、うしろから信長《のぶなが》が口《くち》をはさむ。

「だが、おまえはひとつ、考《かんが》えねばならんことがある」

「なにを？」

「おまえはこれからずっと、そうやって味方《みかた》を信頼《しんらい》せずに投《な》げていくのか？」

「……だって……」

ぼくがこたえに詰《つ》まると、信長《のぶなが》はふうと息《いき》をはいた。

「まあ、よい。そういうものは、簡単《かんたん》に教《おし》えられるものではない。だが」

そう前《まえ》おきして、信長《のぶなが》は目《め》を鋭《するど》くさせる。

「弱気《よわき》なこころで勝《か》てるほど、敵《てき》はあまくはないぞ。こころは、強《つよ》く持《も》たねば」

「え、こ、こころを？　どういうこと？」

聞《き》きかえすけど、信長《のぶなが》は、ぼくを一目《ひとめ》見《み》ただけで返事《へんじ》をくれない。

どういうことかと考《かんが》えこむと、信長《のぶなが》はすっくとたちあがる。そして三十球目《さんじゅっきゅうめ》をファールした徳川家康《とくがわいえやす》を怒鳴《どな》りつけた。

「家康《いえやす》！　いつまでやっておるのだ！　つぎの球《たま》で終《お》わらせろ！　もちろんヒットを打《う》て！」

無茶《むちゃ》ぶりをする信長《のぶなが》。

聞《き》いた徳川家康《とくがわいえやす》は温厚《おんこう》な笑顔《えがお》のままだったけど、でも顔色《かおいろ》はさっと青《あお》くなった。みんな信長《のぶなが》がこわいんだ。

「ヒカル、徳川家康《とくがわいえやす》さん、どうするつもりだろうね」

「わかんない。でも徳川家康《とくがわいえやす》さんにとっては、いくも地獄《じごく》、もどるも地獄《じごく》だね」

試合《しあい》しているここが、まさに地獄《じごく》のど真《ま》ん中《なか》だからなあ。

一方《いっぽう》、信長《のぶなが》の声《こえ》を聞《き》いた謙信《けんしん》は、ようやく決着《けっちゃく》がつけられると、ちょっと安心《あんしん》した表情《ひょうじょう》だ。謙信《けんしん》はそのままふりかぶって、三十一球目《さんじゅういっきゅうめ》を徳川家康《とくがわいえやす》へ投《な》げた。

すると徳川家康《とくがわいえやす》は、なにを考《かんが》えたのかバントのかまえ。

「セーフティバント？」

意外《いがい》な攻《せ》めかたにぼくはびっくりする。

「だいじょうぶかな。徳川家康《とくがわいえやす》さん、ずんぐりしていて足《あし》が速《はや》そうじゃないけど」

「ねえ」

ヒカルもうなずく。たぶん誰《だれ》もがそう思《おも》っている中《なか》で、徳川家康《とくがわいえやす》はコツンとバットにボールをあてた。それは一塁線《るいせん》にころがって、バントとしては成功《せいこう》だ。

「ふはははは！　家康殿《いえやすどの》、気《き》はたしかか。貴殿《きでん》の足《あし》でセーフティバントなど！」

謙信《けんしん》はいいながら、ころがっているボールをひろう。

しかし！

ぼくは目《め》をうたがう。ボールをひろった謙信《けんしん》もそうだ。

徳川家康《とくがわいえやす》はなんと、馬《うま》にまたがって一塁《るい》へむかっていた。

「ハイヨー、白石《しらいし》！」

パカラッパカラッと、大《おお》きな足音《あしおと》を鳴《な》らして、徳川家康《とくがわいえやす》と馬《うま》は一塁《るい》をかけぬけた。謙信《けんしん》はショックでボールを投《な》げられない。

「なるほどねっ！　あまり知《し》られてないけど、徳川家康《とくがわいえやす》さんは馬術《ばじゅつ》の名人《めいじん》だったんだよ。あの『白石《しらいし》』って名前《なまえ》の馬《うま》が愛馬《あいば》なんだ」

「いや、そんな問題《もんだい》じゃない！」

ヒカルの冷静《れいせい》な解説《かいせつ》につっこむぼく。

「ほっほっほっ。馬《うま》にのって走塁《そうるい》してはならないというきまりでも？」

馬上《ばじょう》の徳川家康《とくがわいえやす》はしてやったりの表情《ひょうじょう》だけど、

OKEHAZAMA
Falcons

「それ、事前申告《じぜんしんこく》ありませんでしたよね？　アウトです」

青鬼《あおおに》はあきれた口調《くちょう》でいいわたす。

「うそ、事前《じぜん》に申請《しんせい》してればいいの？」

おもわずつっこむぼくだけど、うん、自分《じぶん》の常識《じょうしき》が通用《つうよう》しないのはもうわかってる。

てれくさそうにベンチに帰《かえ》ってきた徳川家康《とくがわいえやす》は、案《あん》の定《じょう》、信長《のぶなが》になぐられていた。

打線《だせん》はそれ以降《いこう》もいいところがなく、前田慶次《まえだけいじ》、伊達政宗《だてまさむね》と、すべて凡退《ぼんたい》。

前田慶次《まえだけいじ》はいいあたりをしたみたいだけど、相手《あいて》のファインプレーにはばまれて、アウトになっていた。

謙信《けんしん》を見《み》ると、いいプレーを見《み》せた野手《やしゅ》に声《こえ》をかけている。

「あれが調子《ちょうし》をとりもどした一流《いちりゅう》ピッチャーの姿《すがた》じゃ。自分《じぶん》の力《ちから》だけでは勝《か》てぬことを知《し》っておるのだ。おまえもあのように投《な》げてみろ」

信長《のぶなが》はえらそうにいって、ぼくのせなかをバシンとたたいた。

ぼくはこころの中《なか》でブツブツいいながら、マウンドにむかう。

あんなことをいって、きっと打《う》たせてとろうとしたら怒《おこ》るんだ。前《まえ》のチームでそうだったみたいにさ。

……そりゃ、二回《かい》の毛利元就《もうりもとなり》みたいに、いいプレーをしてくれたらうれしいけど。

四回裏《かいうら》

『先頭《せんとう》バッターは、山本勘助《やまもとかんすけ》さんだね』

マウンドにたつと、ヒカルの声《こえ》がする。

『どういうひとなの？　初回《しょかい》は打《う》ちとったけど』

『とっても頭《あたま》のいいひとなんだよ。現世《げんせ》では、武田信玄《たけだしんげん》さんの軍師《ぐんし》だったんだけど、上杉《うえすぎ》謙信《けんしん》さんとの川中島《かわなかじま》の戦《たたか》いで、作戦《さくせん》を見《み》やぶられて討《う》ち死《じ》にしたんだ』

『へえ』

たしかに打席《だせき》の山本勘助《やまもとかんすけ》は、武将《ぶしょう》というよりは知将《ちしょう》みたいな印象《いんしょう》だ。

『気《き》をつけてね、虎太郎《こたろう》クン。いまでもあのひと、サンダースでいろんな作戦《さくせん》をたててるみたいだから』

『うん、わかった』

返事《へんじ》をして、ぼくは考《かんが》える。たしかにぼくは自分《じぶん》の球《たま》にちょっとは自信《じしん》があるけど、でも相手《あいて》が効果的《こうかてき》な作戦《さくせん》をたててきたりしたらやっかいだ。

手《て》の内《うち》を見《み》られる前《まえ》に、はやく勝負《しょうぶ》をしかけてしまおう。

ぼくはストレート、ストレートで追《お》いこみ、ストライクをふたつとった。そしてカーブで勝負《しょうぶ》をきめようと、グラブの中《なか》でにぎりをしっかりたしかめる。

山本勘助《やまもとかんすけ》は、そんなぼくをじっと見《み》ていた。うす気味悪《きみわる》さに、ゾッとする。

『虎太郎《こたろう》クン、なんかじーって見《み》られてるね』

『わかってる。あんまり時間《じかん》はかけたくないな。はずさないで三球勝負《きゅうしょうぶ》だ』

ぼくはグラブの中《なか》で、もういちどにぎりを確認《かくにん》すると、そのままボールをはなつ。

そのカーブはゆるく山《やま》なりの軌道《きどう》をえがいてストライクゾーンをとおり、キャッチャーミットにスポンとおさまった。

「ストライク！」

という鬼《おに》の声《こえ》がひびいて、これで三振《さんしん》。なんだかホッとする。

でも山本勘助《やまもとかんすけ》は、そんなぼくを見《み》てニヤリと不気味《ぶきみ》にわらった。

ぼくはせなかがさむくなる。

山本勘助《やまもとかんすけ》はバットを肩《かた》にかついでベンチへ帰《かえ》っていくけど、でも、ずっとうすわらいをうかべながら、ぼくをながめていた。

『ヒカル、なんかあのひと、こわいんだけど』

『そうだねえ。もしかすると、なにか思《おも》いついたのかも』

うわあ、なんか気味《きみ》が悪《わる》いなあ。

ぼくはつづく、明智光秀《あけちみつひで》と、今回《こんかい》は武田信玄《たけだしんげん》もカーブで三振《さんしん》にしとめた。

どうだ。これでもまだわらえる?

そう思《おも》って相手《あいて》のベンチを見《み》ると、そこでも山本勘助《やまもとかんすけ》は、ぼくのことをまだ見《み》ていて、そしてやっぱりわらっていた。

ぼくのこめかみに、いやな汗《あせ》が流《なが》れた。

五回表《かいおもて》

この回《かい》の先頭《せんとう》バッターはぼく。

これで二回目《かいめ》の打順《だじゅん》になるけど、でも、謙信《けんしん》の球《たま》にまったく目《め》がなれない。

運《うん》まかせだった島津義久《しまづよしひさ》はともかく、前田慶次《まえだけいじ》はよくこれを打《う》てたなあ。すごいスピードなのに。

ぼくは苦《くる》しまぎれに、またもバッターボックスの中《なか》でたち位置《いち》を変《か》えたり、バントのかまえをしたりしてゆさぶりをかけるけど、

「虎太郎《こたろう》よ。そんなものはもうきかぬ！　たとえバットにあてられても、かならず仲間《なかま》がお主《ぬし》をアウトにする。それがしの球《たま》は、もう打《う》てぬとこころえよ。帰《かえ》って、みなにもそう伝《つた》えるがよい！」

そういって謙信《けんしん》は、さいごに渾身《こんしん》のストレートをはなち、ぼくを三振《さんしん》にした。

「ドンマイだよ。虎太郎《こたろう》クン」

ベンチに帰《かえ》ると、ヒカルがタオルをわたしてくれた。

「いや、ホントに残念《ざんねん》だけど、謙信《けんしん》のいうとおり。ぼくじゃ打《う》てないな」

「そんなあ……」

ヒカルは残念《ざんねん》そうな顔《かお》をする。

「でもさ、野球《やきゅう》は最終的《さいしゅうてき》に、たくさん点《てん》をとったほうの勝《か》ちなんだ。これからさきで謙信《けんしん》の球《たま》が打《う》てなくたって、こっちには四点《てん》のリードがある。ぼくはこれを守《まも》るだけだよ。むこうだって、ぼくの球《たま》はそう打《う》てないんだから」

ヒカルはぼくの言葉《ことば》を聞《き》くと、

「そうだねっ！　がんばって！」

といって、パッと表情《ひょうじょう》を明《あか》るくした。

この回《かい》も、謙信《けんしん》はぼくからはじまる打順《だじゅん》を、すべて打《う》ちとった。手強《てごわ》い相手《あいて》だ。

五回裏《かいうら》

おかしい。

なにかがぜったいにおかしい。

「しっかりせんかっ！　二点《てん》もとられおって！」

ショートの毛利元就《もうりもとなり》が大《おお》きな声《こえ》をあげる。

「う、うん。でも……」

そう、ぼくはこの回《かい》、いきなり四連打《れんだ》をあびて、二点《てん》をとられてしまった。

二点差《てんさ》まで詰《つ》められた。どうして……。

しかもまだノーアウトで一、三塁《るい》の大《だい》ピンチ。この回《かい》の被安打《ひあんだ》はすでに四。どうなっているんだ？

おでこに、いやな汗《あせ》がにじむ。

『ねえ、ヒカル。ぼくの球《たま》、スピードおちた？　なにか変《か》わったところある？』

『ううん。あたしじゃくわしくわからないけど、前《まえ》と変《か》わったようには見《み》えないよ』

ヒカルも不思議《ふしぎ》そうだ。

でも、だとしたら、どうして打《う》たれはじめたんだろう。少《すく》なくとも前《まえ》の回《かい》まで、相手《あいて》は手《て》も足《あし》もでなかったはずなのに。

――わからない。なんで打《う》たれるんだ？

そう思《おも》って目《め》をあげると、バッターボックスにはつぎのバッターの謙信《けんしん》がたっていた。

『虎太郎《こたろう》クン、だいじょうぶかな。謙信《けんしん》さん、ピッチングもすごいし……』

ヒカルの声《こえ》も心配《しんぱい》そうだ。

『たしかにピッチングはすごいけど、バッティングはそうでもないと思《おも》う。パワーがあるからあたればこわいけど』

『なら、いいんだけど……』

それより、ノーアウト一、三塁《るい》のこの状況《じょうきょう》じゃ、バントのほうに注意《ちゅうい》しなくちゃ。

なら、投《な》げるのはバントしにくいコースと球種《きゅうしゅ》。内側《うちがわ》にカーブだ。ぼくはグラブの中《なか》で、カーブのにぎりを確認《かくにん》する。

「打《う》てよ、謙信《けんしん》！」

相手《あいて》のベンチから応援《おうえん》が飛《と》ぶ。

『打《う》てっていってるよ、気《き》をつけて！』

『うん』

ヒカルの注意《ちゅうい》に返事《へんじ》をして、ぼくは謙信《けんしん》の内角《ないかく》にカーブを投《な》げた。

――この球《たま》ならバントできないだろ？

ぼくはそう思《おも》って謙信《けんしん》を見《み》る。だけど謙信《けんしん》はバントのかまえはとらずに、腕《うで》をたたんで、ばっちりカーブのタイミングでバットをふった。

――そんなバカな！

キィンという音《おと》がひびき、打球《だきゅう》は三塁線《るいせん》をおそう。

マズい！　打球《だきゅう》はゴロだけど勢《いきお》いがすごい。あのボールのスピードじゃあ、誰《だれ》も反応《はんのう》なんてできないぞ。

と、ぼくが思《おも》うと、三塁《るい》の伊達政宗《だてまさむね》がすごい反応《はんのう》のよさで飛《と》びこんできて、打球《だきゅう》に食《く》らいついた。

『あれは独眼竜守備法《どくがんりゅうしゅびほう》だよ！』

すかさずヒカルの声《こえ》。

『独眼竜守備法《どくがんりゅうしゅびほう》？』

『そう！　伊達政宗《だてまさむね》さんは、眼帯《がんたい》で右目《みぎめ》をかくしているでしょ？　だから守備《しゅび》ではボールが見《み》えづらくて、それをおぎなうために、体《からだ》をはって確実《かくじつ》に打球《だきゅう》をとめるの！』

『それはすごい！』

見《み》てみると、伊達政宗《だてまさむね》は本当《ほんとう》にグラブを使《つか》わずに、サッカーのゴールキーパーみたいにして、体全体《からだぜんたい》で打球《だきゅう》をとめていた。

『あの勢《いきお》いの打球《だきゅう》をとめるなんて！　あんなの、見《み》たことないよ！』

『でもね』

『ん？』

見《み》ていると、打球《だきゅう》をとめた伊達政宗《だてまさむね》は、その場《ば》にうずくまって動《うご》かない。

『打球《だきゅう》をとめたあとは、痛《いた》くて動《うご》けないの』

『うわあ！』

ぼくはあわてて伊達政宗《だてまさむね》のそばに走《はし》り、そこにころがってる球《たま》をひろう。

でもバッターランナーはもう、一塁《るい》をかけぬけていた。三塁《るい》ランナーはそのままだったけど、一塁《るい》ランナーも二塁《るい》に進塁《しんるい》している。

これでノーアウト満塁《まんるい》。

なんてことだ。ピッチャーの謙信《けんしん》にまで打《う》たれてしまうなんて。

「すまない」

伊達政宗《だてまさむね》が、申《もう》しわけなさそうにピッチャーマウンドに歩《ある》いてきた。

「いや、打《う》たせたぼくが悪《わる》いんだ。とめてくれただけありがたいよ」

ぼくはそういって伊達政宗《だてまさむね》にこたえる。

「最初《さいしょ》からアテにされてないのも悲《かな》しいが……。だが、おかしくはないか？」

「相手打線《あいてだせん》のこと？　そうだね。いきなり勢《いきお》いづいてきた」

そういうと、

「裏《うら》があるかもしれないな」

伊達政宗《だてまさむね》はむずかしい顔《かお》をした。

「よし、虎太郎《こたろう》クン。相手《あいて》がなにかしていないか、私《わたし》が三塁《るい》から見抜《みぬ》いてやろう」

「そんなことできるの？」

「もちろん、できるとも。独眼竜《どくがんりゅう》をなめちゃいけないな。さっきの借《か》りは、きちんとかえすよ」

伊達政宗《だてまさむね》はそういって、三塁《るい》にもどっていった。

そしてバッターボックスに目《め》をうつすと、そこには一番《ばん》の松永久秀《まつながひさひで》がたっていた。不敵《ふてき》なえみで、ぼくを見《み》ている。

クソ、見《み》てろ。そのうすらわらいもここまでだ。何回《なんかい》も打《う》たせるもんか。外《そと》にストレートを投《な》げてやる。この球《たま》なら、きっと空《から》ぶりだ。

「いけいけ！　松永《まつなが》！」

「いけー！　松永《まつなが》！」

一塁側《るいがわ》から、松永久秀《まつながひさひで》の応援《おうえん》が飛《と》ぶ。ぼくにとっては雑音《ざつおん》にしか聞《き》こえないけど。

『表情《ひょうじょう》がかたいよ、虎太郎《こたろう》クン。うしろにはみんながいるんだから。おちついて』

『……うん』

ヒカルにはそうこたえるけど、内心《ないしん》はおだやかでいられない。

野手《やしゅ》にはなるべくたよらない。裏切《うらぎ》られるのはたくさんだ。だから三振《さんしん》をとるために、いままでいっぱい練習《れんしゅう》してきた。

ぼくはそう自分《じぶん》にいいきかせてバッターボックスをにらむ。そして、キャッチャーミットめがけて、思《おも》いっきりボールを投《な》げた。

すると松永久秀《まつながひさひで》は、まるでぼくの球筋《たますじ》を読《よ》んでいたかのように、外側《そとがわ》にむかってバットをふった。タイミングも、ばっちりストレートにあわせたものだ。

カァン！

バットから快音《かいおん》がひびく。打《う》たれたボールは一塁線《るいせん》の上《うえ》におち、フェアになった。

それはやはり長打《ちょうだ》になって、三塁《るい》ランナーと二塁《るい》ランナーが帰《かえ》ってくる。これで5―5。

ついに同点《どうてん》にされてしまった。

「どうして……」

わけがわからずに、ぼくは頭《あたま》をかかえる。

『虎太郎《こたろう》クン、おちついてよ。まだ同点《どうてん》だよ。いまからたてなおそう』

ヒカルがぼくをなだめる。

『だって……』

ふと目《め》をあげると、打席《だせき》ではニヤニヤわらう山本勘助《やまもとかんすけ》がバットをたてていた。

そういえば打《う》たれだしたの、このひとにじっくり観察《かんさつ》されてからだ。

――なにか妙《みょう》な作戦《さくせん》をたてられたのか?

『とにかく、深呼吸《しんこきゅう》。あせったって、どうしようもないよ』

ヒカルがいいきかせるような口調《くちょう》で、ぼくにいった。ぼくはいわれたとおりに、時間《じかん》をかけながら大《おお》きく息《いき》を吸《す》いこんで、ゆっくりとはきだしてみる。

『――ありがと。ちょっとおちついた』

こころの中《なか》で返事《へんじ》をしてベンチを見《み》ると、ヒカルがわらっていた。危《あぶ》ないところを助《たす》けられた感《かん》じがして、ちょっとてれくさい。

よし。とりあえず、目《め》の前《まえ》の山本勘助《やまもとかんすけ》に集中《しゅうちゅう》だ。

ぼくはキャッチャーとのサイン交換《こうかん》にうなずく。つぎは内側《うちがわ》にカーブ。ぼくはにぎりをグラブの中《なか》でたしかめ、前《まえ》をむく。

「打《う》ってやれ! 勘助《かんすけ》ー!」

「打《う》てよー。相手《あいて》は子供《こども》じゃぞー、勘助《かんすけ》ー」

勢《いきお》いづいてきたのか、さっきからむこうのベンチの声《こえ》がやたらとうるさい。

いまに見《み》てろ！
ぼくはふりかぶって、ボールを投《な》げる。
投《な》げたのは指先《ゆびさき》にボールがからみつくような、手応《てごた》えのあるものだった。
なのに！
山本勘助《やまもとかんすけ》は、まるでねらい球《だま》がきたかのように、腕《うで》をたたんでうまくそれを打《う》った。
――またタイミングをあわせられた！　どうして！
舌打《したう》ちをして、ぼくはボールの行方《ゆくえ》を見守《みまも》る。
するとボールは、どんどん軌道《きどう》をななめに変《か》えていった。
『きれて～』
ヒカルの祈《いの》るような声《こえ》が届《とど》いたのか、ボールはギリギリのところでラインの外《そと》に。
ああ、ファール！　助《たす》かった。
ホッとして前《まえ》をむくと、山本勘助《やまもとかんすけ》はくやしそうに打席《だせき》にもどっていた。そして、
「運《うん》がよかったのう、虎太郎《こたろう》。だが、つぎはどうかな？」
と、大《おお》きな声《こえ》でぼくにいった。すると、すかさず、ぼくを心配《しんぱい》するヒカルの声《こえ》。

『相手《あいて》にしちゃダメだよ。あんなの、見《み》えすいた挑発《ちょうはつ》だからね』

『うん、だいじょうぶ。わかってるよ』

挑発《ちょうはつ》には腹《はら》がたつけど、もう動《どう》じない。それよりぼくのこころは、不思議《ふしぎ》な気持《きも》ちでいっぱいだった。

『ヒカル、どうして、投《な》げる球《たま》やコースがわかるんだろう？　さっきからむこうは、そうとしか思《おも》えないバットのあわせかたをしてくるんだ』

『うーん。ごめん。あたしじゃわかんない。もうちょっと様子《ようす》を見《み》てみたら？』

『そうだね。ちょっと一球《いっきゅう》はずして、出方《でかた》を見《み》ようか』

それなら、つぎはボール球《だま》。大《おお》きく外《そと》へ、ストレートだ。

「いけよ！　山本《やまもと》ー！」

また応援《おうえん》が飛《と》ぶ。ぼくはなるべくそれが耳《みみ》にはいらないように意識《いしき》を集中《しゅうちゅう》させて、様子《ようす》を見《み》るために、外側《そとがわ》に大《おお》きくはずれるストレートを投《な》げる。

球《たま》は予定《よてい》どおりはずれてボールになったけど、山本勘助《やまもとかんすけ》は、あきらかに外《そと》の球《たま》にそなえたかまえをとっていた。

もう確定《かくてい》だ。むこうは投《な》げるボールを読《よ》んでいる。

――でも、どうやって？

頭《あたま》を悩《なや》ませていると、

「タイム！」

一塁手《るいしゅ》の信長《のぶなが》がタイムをとった。そしてゆっくりとこっちに歩《ある》いてくる。

「おまえも気《き》づいたか」

「――うん。投《な》げる球《たま》を読《よ》まれてる」

ぼくがこたえると、信長《のぶなが》も首《くび》をたてにふった。

「だけど、それがどうしてかわからないんだ。対策《たいさく》のたてようが……」

「心配《しんぱい》するでないわ」

信長《のぶなが》がニヤッとわらう。そしてサードの伊達政宗《だてまさむね》をこっちに呼《よ》んだ。

「おまえ、この独眼竜《どくがんりゅう》に相手《あいて》の策《さく》を見《み》やぶるようにたのんだであろう？　こやつはのう、右目《みぎめ》を失《うしな》った代《か》わりに、こころの目《め》をひらいたのだ。生《い》きておるときも、もられた毒《どく》を見《み》やぶったりと幾度《いくど》となく相手《あいて》の行動《こうどう》を読《よ》み、死線《しせん》をくぐりぬけてきよった。徳川《とくがわ》三代《だい》に側《そっ》近《きん》としてつかえられたのもそのためよ」

「すごいね。それで、なにかわかった？」

ぼくが伊達政宗《だてまさむね》に目《め》をうつすと、

「ああ、ついさっきわかった。君《きみ》が機転《きてん》をきかせて、外《そと》にはずしたおかげさ」

片目《かため》に眼帯《がんたい》をした伊達政宗《だてまさむね》は、得意《とくい》げにいう。

「申《もう》してみよ」

信長《のぶなが》が腕《うで》をくんだ。

「どうして球種《きゅうしゅ》とコースがわかるのか。それは、相手《あいて》のベンチからバッターへサインがでていたからなんだ」

「サイン？」

ぼくは不思議《ふしぎ》に思《おも》って聞《き》きかえした。

「そうだ。まず、投《な》げるコースは、キャッチャーのかまえた位置《いち》で、ベンチからはまるわかりだろう？」

「それは、そうだね」

「つぎに虎太郎《こたろう》クンは、カーブのときにグラブの中《なか》で、にぎりを確認《かくにん》するクセがある。グラブへ手《て》をいれている時間《じかん》の長《なが》さで、相手《あいて》は判断《はんだん》している」

「あー、いわれてみればそうかも」

ぼくはこころあたりがあった。たしかにそうだ。

「しかしだな」

信長《のぶなが》があごに手《て》をあてた。

「それらがわかったところで、どうやってベンチからバッターに伝《つた》えたのだ？」

それは、そうだ。サインのやりとりなんてしていた気配《けはい》がない。

「応援《おうえん》ですよ」

「『応援《おうえん》？』」

ぼくと信長《のぶなが》の声《こえ》がかさなる。

「見《み》ていると、応援《おうえん》にはパターンがあった。投《な》げる球《たま》とコースによってね。まず、コースが外《そと》なら、『いけ』、内側《うちがわ》なら『打《う》て』がサイン。で、球種《きゅうしゅ》がストレートならバッターの名《みょう》字《じ》で呼《よ》んで、カーブなら名前《なまえ》で呼《よ》ぶ。これをくみあわせていた。だから例《たと》えば外《そと》のカーブだと、『いけ、勘助《かんすけ》』、内《うち》のストレートだと、『打《う》て、山本《やまもと》』になるわけさ」

「そんなあ。やりかたが卑怯《ひきょう》だよ……」

ぼくは相手《あいて》ベンチに目《め》をむける。反則《はんそく》じゃないかもしれないけど、あまりにきたない。

「ちょっと待《ま》て。むこうを見《み》るな。気《き》づいてないフリをしろ」

信長《のぶなが》がぼくをたしなめる。

「どういうこと？」

「たしかにむこうのやりかたは卑怯《ひきょう》じゃ。しかしここで文句《もんく》をいってもはじまらん。それよりは、利用《りよう》するべきじゃ」

「利用《りよう》？」

ぼくの問《と》いに、信長《のぶなが》は少《すこ》しわらってうなずいた。そして自分《じぶん》の考《かんが》えを話《はな》す。

「――――なるほど」

作戦《さくせん》を聞《き》いたぼくは感心《かんしん》する。さすが天下統一《てんかとういつ》しかけただけあって、いい作戦《さくせん》を思《おも》いつくもんだと思《おも》った。

「なら、あとはよいな。健闘《けんとう》せよ」

信長《のぶなが》は一塁《るい》にもどっていく。伊達政宗《だてまさむね》も軽《かる》くグラブをあげて三塁《るい》にもどった。

そしてぼくが前《まえ》をむくと、気配《けはい》を察《さっ》した赤鬼《あかおに》が、「プレイ！」と、大《おお》きな声《こえ》でいって、試合《しあい》が再開《さいかい》される。

「ムダな相談《そうだん》はすんだか、虎太郎《こたろう》よ。つぎの球《たま》でしとめてくれるわ」

山本勘助《やまもとかんすけ》がいった。もう、そんな挑発《ちょうはつ》にはのらないぞ。

ぼくはキャッチャーのサインにうなずき、かまえをとった。キャッチャーは、内側《うちがわ》にミットをかまえる。

「打《う》て打《う》て、山本《やまもと》！　かっとばしてやれ！」

「でかいのを打《う》ってやれよ、山本《やまもと》ー！」

ベンチからの応援《おうえん》も聞《き》こえる。伊達政宗《だてまさむね》のいったとおりだ。卑怯《ひきょう》なマネを。

くやしい気持《きも》ちをおさえ、ぼくは腕《うで》をふりかぶる。

そしてぼくが投《な》げる直前《ちょくぜん》に、キャッチャーは内側《うちがわ》から外側《そとがわ》にかまえなおした。ぼくはそこをめがけてカーブを投《な》げる。

「うわわっ！」

内側《うちがわ》へかまえをとっていた山本勘助《やまもとかんすけ》は、まったくあわないタイミングでバットをふった。どんなもんだ！

「どうしたの？　つぎでしとめるんじゃなかったの？」

イヤミをいってやると、山本勘助《やまもとかんすけ》はチッと舌打《したう》ちをかえしてきた。いい気味《きみ》だ。

『すごいよ、虎太郎《こたろう》クン！　お見事《みごと》っ！』

ヒカルもうれしそうだ。

『さっきの信長《のぶなが》さんや伊達政宗《だてまさむね》さんとのやりとりは、頭《あたま》の中《なか》で聞《き》こえてた？』

『うんっ』

『ぼくはね、相手《あいて》のサインを利用《りよう》してやったんだ。ベンチからのサインは、「打《う》て、山本《やまもと》」だったろ？　ようするに、相手《あいて》の読《よ》みは内側《うちがわ》のストレート。でもぼくは、外《そと》にカーブを投《な》げた。逆《ぎゃく》をついてやったんだ』

『あったまいいよね、信長《のぶなが》さんっ』

ヒカルは羽《はね》をパタパタさせる。

『きっとぼくのクセを見《み》やぶって、サインを考《かんが》えたのも山本勘助《やまもとかんすけ》さんだろうね。前《まえ》の打席《だせき》、気味《きみ》が悪《わる》いくらいぼくのことを見《み》ていたし。でも、わかったからには、もう通用《つうよう》しないよ。

それどころか、逆《ぎゃく》に利用《りよう》してやるんだ』

『ここからが逆襲《ぎゃくしゅう》だね。がんばって！』

『もちろん！』

さあ、もう、こわくないぞ。

ぼくは相手《あいて》のサインを利用《りよう》しつつ、

「ストライッ！　バッターアウッ！」

という赤鬼《あかおに》のコールを連続《れんぞく》してひびかせて、その回《かい》を終《お》えた。

「お見事《みごと》！　チームプレーだね！」

ベンチへ帰《かえ》ると、ヒカルが目《め》をかがやかせてそういう。

「チームプレー？　さっきのが？」

「そうだよっ。さっきのは信長《のぶなが》さんや伊達政宗《だてまさむね》さんがいなくちゃ、できない作戦《さくせん》だったじゃん！　守備《しゅび》でも活躍《かつやく》してくれたし！　この調子《ちょうし》でみんなで力《ちから》をあわせたら、きっと勝《か》てるよ！」

――これが、チームプレー？　たしかにさっきのは、ぼくひとりじゃ思《おも》いつかなかった。伊達政宗《だてまさむね》が見抜《みぬ》いて、信長《のぶなが》が作戦《さくせん》をたててくれたんだ。

いや、それだけじゃない。二回《かい》の毛利元就《もうりもとなり》の守備《しゅび》も、さっきの伊達政宗《だてまさむね》の体《からだ》をはった守備《しゅび》だって、抜《ぬ》けていたらもっと悪《わる》い状況《じょうきょう》になっていた。

そうだ。前《まえ》のチームとはちがう。あんなに必死《ひっし》にプレーしてくれるひとたちが、ぼくを裏切《うらぎ》るはずなんてない。

「――うん、……そうかも」

これが、そうなのか。……チームプレーか。

「そうだよっ！　ひとりで野球《やきゅう》するより、こころ強《づよ》いと思《おも》わない？」

ヒカルは確認《かくにん》するようにして、ぼくをのぞきこんだ。

「たしかにこころ強《づよ》い……、気《き》がする」

「でしょ？」

ヒカルがにっこりとわらう。

「……うん。そうだね。いや、きっとそうだ！　これなら、勝《か》てるよ！」

ぼくはこころの中《なか》で、あたらしい光《ひかり》が見《み》えた気《き》がした。なんだか、いままでとはちがった強《つよ》さを手《て》にいれた思《おも》いだった。

5―5と同点《どうてん》にされたけど、うしろで理想《りそう》に近《ちか》い守備陣《しゅびじん》が守《まも》ってくれている。もう、だいじょうぶだ。この守備《しゅび》さえあれば、打《う》たれたって安心《あんしん》だ。

ここからは一点《いってん》もやらない！

六回表《かいおもて》

「同点《どうてん》にされたいまこそ、我《われ》らの団結《だんけつ》が必要《ひつよう》ではないかな」

この回《かい》の先頭《せんとう》バッター、毛利元就《もうりもとなり》は、おだやかな口調《くちょう》でぼくにいった。

「団結《だんけつ》？　たしかに必要《ひつよう》かもしれないけど、いきなりどうしたの？」

ベンチに座《すわ》ってこたえると、

「では虎太郎《こたろう》クン。ちょっと、この矢《や》を折《お》ってみなさい」

毛利元就《もうりもとなり》はそういって、一本《いっぽん》の矢《や》をぼくに手《て》わたした。

「？　こんなの」

ぼくは両手《りょうて》にそれを持《も》ち、いわれたとおりにベキッと折《お》った。

「簡単《かんたん》に折《お》れちゃうよ」

「そうじゃろう。だが、こいつはどうだ？」

そういうと毛利元就《もうりもとなり》は持《も》っていた矢筒《やづつ》から、矢《や》を三本抜《ぼんぬ》きとった。

『これ、きっと有名《ゆうめい》な「三本《ぼん》の矢《や》」を話《はな》したいんだよ』

となりにいるのに、ヒカルが頭《あたま》の中《なか》に話《はな》しかけてくる。

『三本《ぼん》の矢《や》？』

『そう、知《し》らない？　毛利元就《もうりもとなり》さんには息子《むすこ》が三人《にん》いて、仲《なか》が悪《わる》かったの。ある日《ひ》、毛利《もうり》元就《もとなり》さんは三人《にん》を呼《よ》んで、矢《や》を一本《いっぽん》折《お》ってみろっていったのね。三人《にん》の息子《むすこ》は、それぞれ簡単《かんたん》に矢《や》を折《お》った』

『ああ、うん。ぼくもいわれたね』

『それでそのつぎは、三本《ぼん》の矢《や》をまとめて折《お》ってみろっていったの。でも、息子《むすこ》たちは三本《ぼん》まとめては折《お》れなかったんだ。これをたとえにして、ひとりひとりの力《ちから》は弱《よわ》くても、三人《にん》まとまったら強《つよ》くなる。だから仲《なか》よくしなさいって話《はなし》』

『じゃあいま、毛利元就《もうりもとなり》さんがぼくにわたそうとしている三本《ぼん》の矢《や》も……』

『そう。たぶん、ナインが団結《だんけつ》したときの強《つよ》さをしめしたいんだと思《おも》うよ』

説明《せつめい》を終《お》えると、ヒカルは羽《はね》を少《すこ》し動《うご》かして、ニコッとわらう。

なるほど。いいたいことはわかった。

わたされた三本《ぼん》の矢《や》は力《ちから》をいれたら折《お》れそうだけど、これはきっと、空気《くうき》を読《よ》んで折《お》っちゃいけない場面《ばめん》だ。

「これはかたそうだぞ。ぼくじゃあ折《お》れないなあ」

ぼくは力《ちから》をいれたように見《み》せて、無理《むり》なフリをする。ちょっとわざとらしいかな？

「そうじゃろう、そうじゃろう。このようにたとえ一本《いっぽん》の矢《や》はもろくとも……」

毛利元就《もうりもとなり》はドヤ顔《がお》で解説《かいせつ》をはじめるけど、

「よこせっ」

信長《のぶなが》がよこから、三本《ぼん》の矢《や》をつかみとった。そして「フンッ」と力《ちから》をいれると、見事《みごと》に矢《や》をまとめてへし折《お》ってしまう。

「元就《もとなり》、貴様《きさま》、くだらん説法《せっぽう》するヒマがあれば塁《るい》にでろ！　二打席《だせき》凡退《ぼんたい》しおって！」

信長《のぶなが》は雷《かみなり》がおちたんじゃないかと思《おも》うくらい大《おお》きな声《こえ》で、毛利元就《もうりもとなり》を怒鳴《どな》りつけた。毛《も》利元就《りもとなり》は「ひっ」と悲鳴《ひめい》をあげ、小走《こばし》りで打席《だせき》にいく。……案《あん》の定《じょう》、見逃《みのが》し三振《さんしん》。

「なにをしとるかあっ！」

激怒《げきど》する信長《のぶなが》。毛利元就《もうりもとなり》はしゅんとなってベンチのすみでいじけるけど、

「ストライッ！　バッターアウッ！」

つづく信長《のぶなが》も三振《さんしん》して帰《かえ》ってくる。全球《ぜんきゅう》、大《おお》ぶりで三球三振《きゅうさんしん》だ。

「クソボールばっかりじゃ！」

信長《のぶなが》はまた文句《もんく》をいって帰《かえ》ってくる。でもこのひと、いままでの打席《だせき》ぜんぶ、三球三振《きゅうさんしん》なんだけど。ひょっとして、野球《やきゅう》がすごいヘタなんじゃないだろうか。

「なんじゃ、じっと見《み》よって」

考《かんが》えを見《み》すかしたのか、信長《のぶなが》はぎろりとぼくをにらむ。

「い、いや。すごい大《おお》ぶりだなって……。もっとバットを短《みじか》く持《も》って、コンパクトにふったほうがあてやすいと思《おも》うよ」

「そんなことはわかっておるわ。それじゃと作戦《さくせん》にならんじゃろうが」

「作戦《さくせん》？」

「まあ、いまはまだいい。それよりも、どうじゃ？」

「？　なにが？」

首《くび》をかしげて、ぼくは問《と》いかえす。

「毛利元就《もうりもとなり》がいい守備《しゅび》を見《み》せ、伊達政宗《だてまさむね》が敵《てき》の計《けい》を見抜《みぬ》き、ワシが貴様《きさま》にあらたな作戦《さくせん》を授《さず》けた。このどれが抜《ぬ》けていても、大量失点《たいりょうしってん》をしていただろう。これでも、まだ味方《みかた》を信《しん》じぬか？」

信長《のぶなが》はのぞきこむようにして、ぼくの目《め》を見《み》た。

「ううん。信《しん》じるよ。だって、ちゃんとぼくにアドバイスしてくれたり、ぼくのピンチを助《たす》けたりしてくれるし。前《まえ》のチームメイトとはちがう。この守備《しゅび》だけあれば、打《う》たれたときも安心《あんしん》だね」

「そうか」

「うん。ぼくの理想《りそう》の守備陣《しゅびじん》かも」

「…………」

信長《のぶなが》は軽《かる》いため息《いき》をつく。

「？」

ぼくはそのため息《いき》の理由《りゆう》が気《き》になるけど、

「ちっ。またアウトか」

信長《のぶなが》は苦々《にがにが》しく舌打《したう》ちする。信長《のぶなが》の視線《しせん》を追《お》うと、バッターの真田幸村《さなだゆきむら》が見事《みごと》な三振《さんしん》をして、兄《にい》ちゃんに心配《しんぱい》そうな顔《かお》をされていた。これでスリーアウト。

スコアは5―5のまま。

信長《のぶなが》のため息《いき》がちょっと気《き》になったまま、ぼくはベンチから腰《こし》をあげる。

味方《みかた》はきっと完璧《かんぺき》な守《まも》りを見《み》せてくれる。たよりになるぼくの守備陣《しゅびじん》だ。

六回裏《かいうら》

「さあ、先頭《せんとう》バッターはまろじゃ。覚悟《かくご》するでおじゃるよ」

この回《かい》、最初《さいしょ》に相手《あいて》のバッターボックスにたつのは、今川義元《いまがわよしもと》だ。

ちなみにこの試合《しあい》、敵味方《てきみかた》のほとんどが武将《ぶしょう》らしく鎧《よろい》を着《き》ているけど、この今川義元《いまがわよしもと》だけは鎧《よろい》を身《み》につけていない。貴族《きぞく》が着《き》るようなむかしの和服《わふく》を着《き》ている。平安装束《へいあんしょうぞく》っていうんだっけ。

しゃべりかたも他《ほか》のひととちがうし、顔《かお》も真《ま》っ白《しろ》。戦国時代《せんごくじだい》のひとというより、平安時代《へいあんじだい》のひとみたいだ。

「どうした？　怖《お》じけづいたでおじゃるか？」

と、今川義元《いまがわよしもと》はわらって挑発《ちょうはつ》してくるけど、よく見《み》たら歯《は》が真《ま》っ黒《くろ》だった。すごい虫歯《むしば》だ。

『ねえ、ヒカル。あのひと、「まろ」とか「おじゃる」とか、正気《しょうき》でいってるのかな？　虫歯《むしば》が痛《いた》くて、ちょっとヤバいことになってるんじゃない？　顔色《かおいろ》も悪《わる》いよ』

『どうだろ』

ヒカルのにがわらいが伝《つた》わってくる。

『でも、あのひとの歯《は》は、虫歯《むしば》じゃないよ。お歯黒《はぐろ》っていって、むかしの公家文化《くげぶんか》のひとつなんだ』

『公家文化《くげぶんか》?』

『そう。今川義元《いまがわよしもと》さんは、京都《きょうと》から逃《に》げた公家《くげ》さんを保護《ほご》したりしてたらしいの。それで自分《じぶん》もお化粧《けしょう》したり、お歯《は》黒《ぐろ》したりして、公家文化《くげぶんか》をとりいれていたみたい。当時《とうじ》は大名《だいみょう》としての、家柄《いえがら》の高《たか》さをしめすものでもあったんだって』

『へえ』

あの顔色《かおいろ》の悪《わる》さは化粧《けしょう》か。そう思《おも》ってもういちど見《み》ると、今川義元《いまがわよしもと》と目《め》があった。ニカッとわらっている。異様《いよう》に白《しろ》い顔色《かおいろ》で、歯《は》はやっぱり黒《くろ》い。

うーん。当時《とうじ》はそれでよかったのかもね、当時《とうじ》は。

「どうしたでおじゃるか。さっさと投《な》げぬか」

ひょっひょっひょっ、と、優雅《ゆうが》で変《へん》なわらい声《ごえ》をあげる今川義元《いまがわよしもと》。こわがってると思《おも》われてもしゃくだから、さっさと投《な》げよう。と思《おも》ったら、

「気色《きしょく》の悪《わる》いわらい声《ごえ》を聞《き》かせるでないわっ! おじゃる衆《しゅう》のできそこないめ!」

信長《のぶなが》の一喝《いっかつ》。

「ぶ、無礼《ぶれい》でおじゃるぞ、信長《のぶなが》！　そちはむかしから……！」

「やかましいっ！」

信長《のぶなが》は目《め》を見開《みひら》いて、今川義元《いまがわよしもと》をにらみつける。

「貴様《きさま》……。桶狭間《おけはざま》のつづきをしたいのか……？」

指《ゆび》をポキポキ鳴《な》らす信長《のぶなが》。

「おおおお覚《おぼ》えておくでおじゃるよ……」

今川義元《いまがわよしもと》は消《き》えてしまいそうな声《こえ》で、定番《ていばん》のすて台詞《ぜりふ》をいう。

『ヒカル、桶狭間《おけはざま》のつづきって？』

『きっと、「桶狭間《おけはざま》の戦《たたか》い」のことだね。今川義元《いまがわよしもと》さんの大軍《たいぐん》に、信長《のぶなが》さんが奇襲《きしゅう》して勝《か》っちゃったんだ。戦国時代《せんごくじだい》でも有数《ゆうすう》の番《ばん》くるわせだよ』

それで今川義元《いまがわよしもと》は、信長《のぶなが》をやたらとこわがってるのか。よく見《み》るとかわいそうなぐらいガタガタふるえてる。

そんな今川義元《いまがわよしもと》に同情《どうじょう》をしたわけでもなかったけど、

「しまったっ」

プレイボールがかかったあと、ぼくが投《な》げた球《たま》は、少《すこ》しあまいコースにはいってしまう。

「もらったでおじゃるっ」

今川義元《いまがわよしもと》はそれをミートして、一塁線《るいせん》にのびていくライナーを打《う》った。が、
ガツン。

と、なにかにぶつかるボールの音《おと》。

おそるおそるそちらに目《め》をやると、そこには鼻血《はなぢ》をたらした信長《のぶなが》がいた。勢《いきお》いのある
ボールは見事《みごと》に、一塁手《るいしゅ》である信長《のぶなが》の鼻面《はなづら》へ命中《めいちゅう》していたのだ。

「今川義元《いまがわよしもと》、貴様《きさま》……」

信長《のぶなが》は黒《くろ》いオーラをだして、今川義元《いまがわよしもと》をおどす。鬼《おに》じゃないのに鬼《おに》のようだ。

にらまれたバッターランナーの今川義元《いまがわよしもと》は、「あわあわあわ……」となって、一塁線《るいせん》の
上《うえ》で動《うご》けない。ボールは転々《てんてん》と、信長《のぶなが》の足元《あしもと》にころがっている。

そしてぼくはチャンスを逃《のが》さず、ボールをひろって今川義元《いまがわよしもと》にタッチした。

「アウトー」

という青鬼《あおおに》の声《こえ》がひびいて、これでワンナウト。いや、助《たす》かった。

そしてつぎの打順《だじゅん》は直江兼続《なおえかねつぐ》である。

ウチのチームにも前田慶次《まえだけいじ》みたいな変《か》わった鎧《よろい》を着《き》たひとがいるけど、でもバッターボックスにたつこのひとも、かなりおかしい。

『ねえ、ヒカル。このひと、どうして「愛《あい》」って字《じ》をかぶとにかざってるの？ おかしくない？』

『そうだね。たしかにちょっと変《か》わってるけど、でもあの前《まえ》だてには、理由《りゆう》があるんだ』

『あれ、前《まえ》だてっていうんだ。それで、理由《りゆう》って？』

『あの愛《あい》は、「愛染明王《あいぜんみょうおう》」の愛《あい》なんだ。愛染明王《あいぜんみょうおう》は戦《たたか》いの神様《かみさま》なんだよ』

「へえ、好《す》きって意味《いみ》の愛《あい》だと思《おも》った。それだと恥《は》ずかしいもんね」

と、ぼくはヒカルへのこたえを、ついうっかり口《くち》にだしてしまう。

「な、なんだと！ これは愛染明王《あいぜんみょうおう》の愛《あい》で！」

「あ、あの、ごめんなさい。ちょっと口《くち》にでちゃった……」

ぼくはあわててあやまったけど、球場《きゅうじょう》にいるひとは、みんな直江兼続《なおえかねつぐ》の愛《あい》を見《み》ながら、

「愛《あい》だって〜。誰《だれ》に告白《こくはく》してるんだろうね」

「おかしいと思《おも》ってたんだ」

と、冷《ひ》ややかにわらっている。

「おのれ～」

直江兼続《なおえかねつぐ》は涙目《なみだめ》でぼくをにらむ。ちょっと悪《わる》いことした気《き》がしたけど、泣《な》くことはないじゃないかと思《おも》う。

ぼくは気《き》をとりなおして、顔《かお》を真《ま》っ赤《か》にしている直江兼続《なおえかねつぐ》と対戦《たいせん》する。

だけど怒《おこ》って力《りき》んでしまった直江兼続《なおえかねつぐ》はいいところなく三振《さんしん》。

「ぐううう……、ちっくしょぉぉぉぉ」

と、すごい顔《かお》でくやしがってベンチに帰《かえ》る直江兼続《なおえかねつぐ》。頭《あたま》には金色《きんいろ》の『愛《あい》』が、でかでかとかざってあるのに、表情《ひょうじょう》は真《ま》っ赤《か》で鬼《おに》みたい。顔《かお》と愛《あい》がぜんぜんあっていない。

ぼくはつづく七番打者《ばんだしゃ》、ものすごく気《き》の弱《よわ》そうな朝倉義景《あさくらよしかげ》を三振《さんしん》にして、六回《かい》を終《お》えた。

しかし、この回《かい》も守備《しゅび》には助《たす》けられた。今川義元《いまがわよしもと》の打球《だきゅう》が、信長《のぶなが》の顔《かお》にあたったのは偶《ぐう》然《ぜん》かもしれないけど、結果的《けっかてき》にきちんとアウトにできた。

ピンチのときは助《たす》けてくれる。チームプレーって、思《おも》ってたよりもぜんぜんいい。

虎太郎くんファイト！

4章《しょう》 真《しん》の武《ぶ》士《し》・信《のぶ》長《なが》の野《や》球《きゅう》!

	1	2	3	4	5	6	7	8	9	計	H	E
桶狭間	0	0	5	0	0	0				5	2	0
川中島	0	1	0	0	4	0				5	7	0

OKEHAZAMA Falcons			Kawanakajima Thunders		
1	豊臣　秀吉	右	1	松永　久秀	中
2	島津　義久	中	2	山本　勘助	二
3	毛利　元就	遊	3	明智　光秀	遊
4	織田　信長	一	4	武田　信玄	捕
5	真田　幸村	二	5	今川　義元	左
6	徳川　家康	捕	6	直江　兼続	三
7	前田　慶次	左	7	朝倉　義景	右
8	伊達　政宗	三	8	真田　信之	一
9	山田虎太郎	投	9	上杉　謙信	投

B
S
O

UMPIRE

CH	1B	2B	3B
赤	青	黄	緑
鬼	鬼	鬼	鬼

七回《かい》表《おもて》

イニングが変《か》わって七回《かい》。この回《かい》の攻撃《こうげき》は徳川家康《とくがわいえやす》からだけど、

「ストライク！　バッターアウト！」

温厚《おんこう》そうな顔《かお》をした家康《いえやす》は、あっさり三振《さんしん》してしまう。

前《まえ》の長《なが》い打席《だせき》に怒《おこ》った信長《のぶなが》から、待《ま》ち球作戦《だまさくせん》を禁止《きんし》されてしまったのだ。

さっきとはちがってはやめにアウトになった徳川家康《とくがわいえやす》に、相手《あいて》はともかく味方《みかた》からも安心《あんしん》の拍手《はくしゅ》が送《おく》られるけど、それはまちがってると思《おも》った。

そして打線《だせん》は徳川家康《とくがわいえやす》の三振《さんしん》が尾《お》をひくようにふるわず、七回《かい》も三者凡退《しゃぼんたい》してしまう。

のこる攻撃《こうげき》は、あと2イニング。状況《じょうきょう》は変《か》わらずに5—5。点《てん》ははいるのかなあ。

七回《かい》裏《うら》

回《かい》を追《お》うごとに、ちょっとずつ肩《かた》はつかれてきているけど泣《な》き言《ごと》はいえない。自分《じぶん》の命《いのち》がかかっているんだし。

とはいうものの、くたびれてしまったものはどうしようもなくって、ぼくはこの回《かい》の先《せん》頭《とう》バッター、真田信之《さなだのぶゆき》をいきなりフォアボールで歩《ある》かせてしまう。

つづく謙信《けんしん》と松永久秀《まつながひさひで》はアウトにしたものの、二番《ばん》バッターの山本勘助《やまもとかんすけ》にねばられてしまい、けっきょく、フォアボールで歩《ある》かせてしまった。

これでツーアウト一、二塁《るい》。

そしてつづく打者《だしゃ》は、明智光秀《あけちみつひで》である。

「ふふん。このときを待《ま》っていたぞ。諸君《しょくん》」

明智光秀《あけちみつひで》は、髪《かみ》をかきあげてまわりを見《み》わたす。

「終盤《しゅうばん》で同点《どうてん》。それがしが活躍《かつやく》するのに、これ以上《いじょう》のシーンはないわ」

カッコつけて明智光秀《あけちみつひで》はバットをたてるけど、そこに信長《のぶなが》がやじを飛《と》ばす。

「なにをほざいておる、さっさとアウトになって帰《かえ》れ！」

「やかましい！　かならず打《う》ってやるわ！　本能寺《ほんのうじ》のつづきをここで見《み》せてやる！」

聞《き》いた明智光秀《あけちみつひで》は、メラメラやる気《き》を燃《も》やして打席《だせき》にたっている。信長《のぶなが》も一塁《るい》で、ずっと明智光秀《あけちみつひで》をにらんでいるし、空気《くうき》がおだやかじゃない。

『ヒカル。「本能寺《ほんのうじ》の変《へん》」だっけ？ やっぱあのことでこのふたり、仲《なか》が悪《わる》いの？』

『そうっ！ よく知《し》ってるね。あのふたり、会《あ》うたびにケンカするから、閻魔様《えんまさま》も困《こま》ってるの』

信長《のぶなが》は、たしか『本能寺《ほんのうじ》の変《へん》』で、明智光秀《あけちみつひで》に討《う》ちとられたんだっけ。何百年《なんびゃくねん》もつづく因縁《いんねん》って、意外《いがい》とバカにできないんだよなあ。

よし。初球《しょきゅう》は内角低《ないかくひく》めにストレートだ。前《まえ》の打席《だせき》もここに投《な》げて打《う》ちとっていたし、ストライクをとれるだろう。

ぼくはふりかぶって、明智光秀《あけちみつひで》にストレートを投《な》げる。

投《な》げた球《たま》のコントロールは、いつもどおり。だけど、肩《かた》のつかれのためか、スピードが少《すこ》しおそくなっていた。

――マズい！

「もらったあ！」

叫《さけ》ぶと明智光秀《あけちみつひで》は、バットを大《おお》きくふり、思《おも》いっきりボールをひっぱたいた。

それはライト方向《ほうこう》へぐんぐんのびていき、ガツンとフェンスに直撃《ちょくげき》する。

「マズい！」

おもわず大《おお》きな声《こえ》がでてしまう。

打球《だきゅう》はライトの秀吉《ひでよし》が処理《しょり》をするが、二塁《るい》にいた真田信之《さなだのぶゆき》はすでにホームへ帰《かえ》ってきている。

「よーし、一点《いってん》！」

相手《あいて》のベンチから歓声《かんせい》がおこる。ああ、なんてことだろう。この終盤《しゅうばん》に！

せめてなんとか、二点目《てんめ》をねらう山本勘助《やまもとかんすけ》はささないと。でも、むずかしいかな？　山《やま》本勘助《もとかんすけ》は、もう三塁《るい》をまわりかけている。

あきらめが胸《むね》をよぎるけど、

「いくぞ！　中国大《ちゅうごくおお》がえし！」

ライトから大《おお》きな声《こえ》が！　見《み》てみると、ころがる打球《だきゅう》をにぎった秀吉《ひでよし》が、ホームにむかってすごいスピードで返球《へんきゅう》していた。

――でも、中国大《ちゅうごくおお》がえしって？

『生前《せいぜん》の秀吉《ひでよし》さんがやった、軍団大移動《ぐんだんだいいどう》のことだよ！』

ヒカルがこたえてくれる。

『秀吉《ひでよし》さんが中国地方《ちゅうごくちほう》で戦《いくさ》の最中《さいちゅう》に、「本能寺《ほんのうじ》の変《へん》」で信長《のぶなが》さんがやられちゃったんだ。で、秀吉《ひでよし》さんは戦《いくさ》の相手《あいて》とすぐに講和《こうわ》して、たった十日《とおか》で京都《きょうと》までもどったの。当時《とうじ》としてはすごい速《はや》さで、歴史《れきし》にのこる強行軍《きょうこうぐん》だったんだよ』

それで、あの返球《へんきゅう》が中国大《ちゅうごくおお》がえし。たしかにすごい勢《いきお》いの返球《へんきゅう》だ。

『虎太郎《こたろう》クン、すごいよ！　あの返球《へんきゅう》ならまにあうかも！』

『うん！』

秀吉《ひでよし》の送球《そうきゅう》は、ギューンと一直線《いっちょくせん》にかえってきてキャッチャーミットにつきささる。本《ほん》塁《るい》に走《はし》りこんできた山本勘助《やまもとかんすけ》はホームベースに手《て》をのばすけど、

「アウトォ！」

キャッチャーのタッチのほうが一瞬《いっしゅん》だけはやく、赤鬼《あかおに》は絶叫《ぜっきょう》して腕《うで》をふりおろした。

明智光秀《あけちみつひで》は二塁《るい》ベースにたち、信《しん》じられないといった顔《かお》をすると、

「またも秀吉《ひでよし》にっ。無念《むねん》」

と、くやしがった。

なんとか山本勘助《やまもとかんすけ》はアウトにできたけど、

「ああ、どうしよう。一点《いってん》いれられちゃった！」

ぼくは頭《あたま》をかかえて、しゃがみこむ。

こんな終盤《しゅうばん》で、貴重《きちょう》な点《てん》をやってしまった。この一点《いってん》は重《おも》すぎる。

せっかく生《い》きかえるチャンスが！

頭《あたま》の中《なか》では父《とう》さんや母《かあ》さん、それに犬《いぬ》のエルや友達《ともだち》の顔《かお》がよぎっていく。

――いやだ。まだ死《し》にたくないよ。やりのこしたことはたくさんあるのに。もっと野球《やきゅう》がうまくなりたかったのに！

『ドンマイだよ、虎太郎《こたろう》クン。まだあと2イニング、攻撃《こうげき》がのこってるから！　みんなを信《しん》じようよ！』

『うん……』

と返事《へんじ》をして、ぼくはたちあがる。でも、気分《きぶん》は明《あか》るくできなかった。

もうすぐ死《し》ぬ。

こころの中《なか》は、どんよりと暗《くら》い雲《くも》におおわれたようだった。

七回《かい》を終《お》えて5—6。この一点《いってん》は、どう考《かんが》えても致命的《ちめいてき》だ。

八回表《かいおもて》

八回表《かいおもて》の打順《だじゅん》は、ぼくから。だけど、……あっさり三振《さんしん》。

点《てん》をとられた直後《ちょくご》だから、せめて塁《るい》にでたかったのに。

「ねえ、おちこまないでよ、虎太郎《こたろう》クン」

ベンチに帰《かえ》ると、ヒカルが心配《しんぱい》そうにしてなぐさめてくれる。

「まだだいじょうぶだよ。つぎの秀吉《ひでよし》さんがきっと塁《るい》に……」

秀吉《ひでよし》、三振《さんしん》。

「ま、まだまだ。野球《やきゅう》はツーアウトからだよ。島津義久《しまづよしひさ》さんが塁《るい》に……」

島津義久《しまづよしひさ》、三振《さんしん》。これでスリーアウトチェンジ。

ヒカルはぼくから目《め》をそらして、冷《ひ》や汗《あせ》を流《なが》した。

「……じゃ、投《な》げてくるよ」

「……うん、がんばって」

力《ちから》ないヒカルの笑顔《えがお》が悲《かな》しかった。

八回裏《かいうら》

結果的《けっかてき》にいうと、ぼくはこの回《かい》、無失点《むしってん》で終《お》われた。

だけど、内容《ないよう》はボロボロだ。ベンチにもどると、

「虎太郎《こたろう》クン、おつかれさまっ。なんとか無失点《むしってん》だったね……」

ちょっと心配《しんぱい》そうな顔《かお》で、ヒカルはぼくにいう。

「戦国武将《せんごくぶしょう》のひとたちは手強《てごわ》いよ。なにしてくるかわからないし、いつも全力投球《ぜんりょくとうきゅう》しなくちゃおさえられない。おかげで肩《かた》も、もう限界《げんかい》が近《ちか》い」

実際《じっさい》、これまでおさえていた今川義元《いまがわよしもと》はフォアボールで歩《ある》かせてしまうし、さらに直江《なおえ》

兼続《かねつぐ》の『愛《あい》』にあててしまってデッドボールをとられてしまった。しかもあたったショックで、直江兼続《なおえかねつぐ》にはまたも泣《な》かれてしまう。体《からだ》にはあたってないのに、メソメソしないでほしい。

あとの三人《にん》はなんとか打《う》ちとったけど、でも肩《かた》はつかれきっている。

あと1イニング。この肩《かた》で投《な》げられるかなあ。

いや、九回表《かいおもて》で点《てん》がはいらないと、つぎの1イニングすらないかもしれないんだ。

九回表《かいおもて》

――いよいよ最終回《さいしゅうかい》の攻撃《こうげき》だ。ここで点《てん》がはいらないと……。

「ここで点《てん》がはいらないと、負《ま》けちゃうんだよね」

ヒカルが真剣《しんけん》な表情《ひょうじょう》でいった。

「そうだね……。だいじょうぶかなあ……。点《てん》がはいらないと、ぼく……」

――死《し》んでしまう。のこりの言葉《ことば》はとても口《くち》にはだせなかったけど、暗《くら》くなっていたぼくの顔《かお》は、きっとぜんぶを物語《ものがた》っていた。

「だいじょうぶだよっ。元気《げんき》だして！　きっとみんながなんとかしてくれるって！」

ヒカルはわらって、ぼくのせなかをバシンとたたいた。ヒカルの声《こえ》はすごく元気《げんき》だったけど、死《し》を目《め》の前《まえ》にしているぼくは、とてもそんな気分《きぶん》になれない。

「……そうなら、いいけどね……」

そうこたえて、ぼくはバッターボックスに目《め》をむけた。

この回《かい》の先頭《せんとう》は毛利元就《もうりもとなり》。

「ん？」

「どしたの？　虎太郎《こたろう》クン？」

「毛利元就《もうりもとなり》さん、あれ、なにを持《も》ってるの？　バットじゃないよね？」

打席《だせき》にたつ毛利元就《もうりもとなり》が持《も》っているのは、バットじゃない。細長《ほそなが》いものを束《たば》にした、なにかだ。

「あれ……。矢《や》じゃない？」

ヒカルが目《め》をこらしていった。ぼくも目《め》を細《ほそ》めてよう く見《み》てみるけど、

「……ホントだ。矢《や》だね……」

さっき、信長《のぶなが》にへし折《お》られていたアレである。すると、

「山田虎太郎《やまだこたろう》よ！」

打席《だせき》の毛利元就《もうりもとなり》が、大《おお》きな声《こえ》をだしてぼくを呼《よ》ぶ。

「なにー？」

聞《き》きかえすと、

「さっきのたとえは、まちがいじゃった！」

と、歴史上《れきしじょう》、有名《ゆうめい》なエピソードを自分《じぶん》で否定《ひてい》してしまう。

「見《み》ておれ！　矢《や》が一本《いっぽん》では、ボールは打《う》てぬ！　しかし！」

毛利元就《もうりもとなり》はぐっと身《み》をしずませて、前《まえ》を見《み》る。するとそれを合図《あいず》にしたかのように、謙《けん》信《しん》がふりかぶって球《たま》を投《な》げた。

「九本《ほん》まとめれば、力強《ちからづよ》く打《う》ちかえせるのじゃっ！」

毛利元就《もうりもとなり》はそう叫《さけ》ぶと、球《たま》をにらんで、おもいっきり矢《や》をふりぬいた。まさか。単純《たんじゅん》すぎやしないか？　こころの中《なか》でそう思《おも》うと、

カッキーン！

と、鋭《するど》い音《おと》が聞《き》こえてきた。

毛利元就《もうりもとなり》の打球《だきゅう》は、見事《みごと》にセンター前《まえ》にはじきかえされていた。

「やった！　ノーアウトのランナーだ！」

ぼくの声《こえ》に反応《はんのう》して、毛利元就《もうりもとなり》は一塁上《るいじょう》でガッツポーズをつくった。

「見《み》たか、山田虎太郎《やまだこたろう》よ！」

毛利元就《もうりもとなり》は大声《おおごえ》をはりあげる。

「もちろん、見《み》てた！　すごいすごい！」

ぼくはたちあがって拍手《はくしゅ》を送《おく》る。

「いいか。団結《だんけつ》の力《ちから》をあなどってはいかん！　野球《やきゅう》はチームでするものだ！　君《きみ》が本当《ほんとう》の意味《いみ》でその力《ちから》を理解《りかい》したとき、いまとはくらべものにならない実力《じつりょく》が手《て》にはいる！」

毛利元就《もうりもとなり》はぼくを指《ゆび》さしていった。

手《て》にいれるもなにも、みんながきちんと守《まも》ってくれたらそれでいいんだ。あとは、こんなふうに打《う》ってくれたらいうことなんてない。

毛利元就《もうりもとなり》のヒットで、状況《じょうきょう》はノーアウト一塁《るい》。大《だい》チャンスだ。――同点《どうてん》、もしかしたら逆転《ぎゃくてん》も！

ぼくのテンションはぐんぐんあがっていく。となりではしゃぐヒカルもそうだ。

「やった、やった！　ここからだね、虎太郎《こたろう》クン！　つぎは四番《ばん》の信長《のぶなが》さんだよ！」

ヒカルは羽《はね》をバタバタさせながらぼくのユニフォームをひっぱるけど、

「え、ああ……」

それを聞《き》いたぼくのテンションは、一気《いっき》にさがる。

だって、信長《のぶなが》、いままでいいところナシでずっと三振《さんしん》しているし……。

「まあ、まかせておけ、虎太郎《こたろう》」

がっくりしているぼくに、信長《のぶなが》はニヤッとわらいかけて、バッターボックスにむかっていった。

「すごい自信《じしん》だね。いままでぜんぶ三振《さんしん》なのに」

「そうだねえ」

ヒカルもうなずく。せめてゲッツーにならず、五番《ばん》の真田幸村《さなだゆきむら》にまわしてほしいけど。

「信長殿《のぶながどの》。悪《わる》いが今日《きょう》は、見《み》せ場《ば》なくたおれてもらう。覚悟《かくご》めされよ」

マウンドの謙信《けんしん》が、打席《だせき》の信長《のぶなが》にいった。そして、ファーストランナーの毛利元就《もうりもとなり》に、チラッと視線《しせん》をうつす。

「ほざけ。一球目《いっきゅうめ》でしとめてやるわ」

フンとわらって、信長《のぶなが》はバットをたてた。

「こけおどしを。いままで我《わ》が球《たま》に、まったく手《て》がでなかったではないか」

謙信《けんしん》もフンと鼻息《はないき》をかえす。そして一塁《るい》の毛利元就《もうりもとなり》を、もういちど見《み》た。

同点《どうてん》のランナーだから、けっこう気《き》にしているみたいだ。そりゃ、これまでぜんぶ凡退《ぼんたい》している信長《のぶなが》より、毛利元就《もうりもとなり》の盗塁《とうるい》のほうが気《き》になるだろう。

謙信《けんしん》は目《め》を信長《のぶなが》にもどすと、一呼吸《ひとこきゅう》おいて、大《おお》きく腕《うで》をふりかぶった。

信長《のぶなが》は少《すこ》し体《からだ》をしずませて、眼光《がんこう》を鋭《するど》くする。

そして謙信《けんしん》が足《あし》を前《まえ》にふみこんだ、そのとき。

「走《はし》れい！　毛利元就《もうりもとなり》よ！」

信長《のぶなが》が叫《さけ》ぶ。すると一塁《るい》の毛利元就《もうりもとなり》が、二塁《るい》にむけてダッシュした。

「なっ！」

謙信《けんしん》は信長《のぶなが》の言葉《ことば》に動揺《どうよう》するけど、勢《いきお》いよく動《うご》きだした腕《うで》はとまらない。

ボールはそのまま謙信《けんしん》の手《て》をはなれて、キャッチャーミットにむかっていく。

すさまじい球威《きゅうい》はいつもどおりだったけど、でもコントロールは乱《みだ》れていて、ボールは大《おお》きく高《たか》めへはずれていた。

「あそこまではずれてたら、キャッチャーはすぐに投《な》げられないよ！　盗塁成功《とうるいせいこう》だ！」

ぼくは手《て》をにぎってヒカルにいった。

「ううん。まだだよ！」

ヒカルはそう口《くち》にする。その視線《しせん》は盗塁《とうるい》している毛利元就《もうりもとなり》じゃなくて、打席《だせき》の信長《のぶなが》にむけられていた。

「待《ま》っていたぞ！　この球《たま》！」

信長《のぶなが》はそう叫《さけ》び、バットをスイングする。

まさか、あの悪球《あくきゅう》を？　無茶《むちゃ》だ！

しかし、信長《のぶなが》のバットはぼくの直感《ちょっかん》を打《う》ちくだく。

「奥義《おうぎ》！　天下布武打法《てんかふぶだほう》！」

そう叫《さけ》ぶ信長《のぶなが》がふるバットは、聞《き》いたことがないくらいの大《おお》きな音《おと》をひびかせて、むかってくるボールをぶっ飛《と》ばした。

謙信《けんしん》はぽかんとボールの行方《ゆくえ》を見守《みまも》る。いや、謙信《けんしん》だけじゃない。サンダースも、ファルコンズも、球審《きゅうしん》の赤鬼《あかおに》も、観戦《かんせん》しているお客《きゃく》さんだって、みんな打《う》った球《たま》の軌道《きどう》に釘《くぎ》づけだ。

打球《だきゅう》は一直線《いっちょくせん》にフェンスの外《そと》にむかっていく。

そしてキラリとかがやきをのこして、ボールは赤黒《あかぐろ》い空《そら》の彼方《かなた》へ消《き》えていった。

これは……、すごい！　逆転《ぎゃくてん》ツーランホームラン！　九回表《かいおもて》のこの場面《ばめん》で！

「せ、せっしゃとしたことが……」

マウンドでがっくり肩《かた》をおとす謙信《けんしん》。信長《のぶなが》は満足《まんぞく》そうにわらい、ダイヤモンドを一周《いっしゅう》していく。

「これまでのワシの打席《だせき》にゆだんをしたな、謙信《けんしん》よ」

ゆっくりと走《はし》りながら、信長《のぶなが》は謙信《けんしん》にいう。

「貴様《きさま》がランナーを気《き》にかけず、ワシとの勝負《しょうぶ》に集中《しゅうちゅう》しておったら、勝負《しょうぶ》はわからんかった。なんせ、ワシはど真《ま》ん中《なか》のボールが苦手《にがて》でのう。無理矢理《むりやり》でも、貴様《きさま》に悪球《あくきゅう》を投《な》げさせる必要《ひつよう》があったのじゃ。これがワシ流《りゅう》の、戦《いくさ》のやりかたよ」

フハハハハハ、と悪《わる》そうなわらい声《ごえ》をあげて、信長《のぶなが》はダイヤモンドを一周《いっしゅう》する。

「あっ！　わかった！　これが、あの有名《ゆうめい》な作戦《さくせん》だったんだ！」

それを見《み》たヒカルがなにかを思《おも》いだしたように、手《て》をたたいた。

「有名《ゆうめい》な作戦《さくせん》？」

ぼくもたちあがって拍手《はくしゅ》をしながら、ヒカルに聞《き》きかえす。

「そう。あのね、じつは信長《のぶなが》さんってむかし、うつけ者《もの》ってまわりからいわれてたくらい、みんなからバカにされてたんだ」

「へえ、そうなんだ。あんなにまわりからこわがられて、おまけに天下統一《てんかとういつ》も目前《もくぜん》まで達《たっ》成《せい》したのに、バカにされてたなんて信《しん》じられないな」

「もちろんそれにはわけがあったんだ。バカなのはフリだけで、それは敵《てき》をだますための作戦《さくせん》だったの。敵《てき》は信長《のぶなが》さんがバカだからってゆだんして、負《ま》けちゃったんだよ」

「バカなフリする作戦《さくせん》?」

そうか。それでいままで、あんなにたくさん三振《さんしん》していたんだ。かんじんな場面《ばめん》まで、敵《てき》をゆだんさせるために……。

そう思《おも》って視線《しせん》をもどすと、そこにはホームベースをふんで、ベンチに帰《かえ》ってきていた信長《のぶなが》がいた。

「まかせておけといったであろう?」

「——うん。すごかった」

「さあ、これであとはおまえが九回裏《かいうら》を0点《てん》におさえるだけじゃ。こころしてむかえ」

信長《のぶなが》はくちびるのはしをあげて、ぼくにいった。

肩《かた》のつかれが気《き》になったけど、

「もちろん、がんばるよ」

ぼくはわらってこたえた。

九回裏《かいうら》

泣《な》いてもわらっても、この回《かい》で終《お》わりだ。いや、終《お》わらせないと。

『虎太郎《こたろう》クン、おちついてね』

ヒカルもはげましてくれる。

『うん。ぜったいにおさえてやるんだ。ミスは許《ゆる》されない』

『そりゃ、みんなもわかってると思《おも》うけどさ、でも……』

『でも？』

『……ううん……、ごめん、うまくいえないや。なんでもない』

『変《へん》なの。まあ、見《み》ていてよ』

とはいったものの、あの戦国武将《せんごくぶしょう》たちを相手《あいて》に、つかれたこの肩《かた》でわたりあえるかな。

ちょっと心配《しんぱい》だ。

この回《かい》の先頭《せんとう》バッターは松永久秀《まつながひさひで》。とくに手強《てごわ》い相手《あいて》ではないけど。

「さあこい、坊主《ぼうず》！」

松永久秀《まつながひさひで》はそういって、バットをかまえた。

挑発《ちょうはつ》にのっちゃいけない。ぼくは深呼吸《しんこきゅう》でこころをおちつけて、グラブの中《なか》でボールをにぎる。

ぜったいに打《う》たせるもんか。いや、たとえ打《う》たれたって、うしろのみんながアウトにしてくれるさ。

ぼくは大《おお》きくステップをふんで、腕《うで》を回転《かいてん》させる。

すると松永久秀《まつながひさひで》は、バットの真《ま》ん中《なか》に手《て》をそえて、バントのかまえをとった。

「バント？」

集中《しゅうちゅう》を乱《みだ》されたぼくは、指先《ゆびさき》に力《ちから》がはいり、コントロールをしくじってしまう。

投《な》げた球《たま》はワンバウンドして、あさっての方向《ほうこう》にころがっていった。

『虎太郎《こたろう》クン、気《き》にしないで。松永久秀《まつながひさひで》さん、足《あし》は速《はや》くないよ。動揺《どうよう》させようとしてやってるだけだよ』

ヒカルの声《こえ》が聞《き》こえる。

『う、うん。わかってる。だけど』

バントのかまえをとられると、本当《ほんとう》にボールをころがされたときのために、前《まえ》にダッシュしなければならない。つかれるし、投球《とうきゅう》にも集中《しゅうちゅう》できない。

「どうしよう……」

ぼくはそのあとも、ストライクをとろうとして指先《ゆびさき》に感覚《かんかく》を集中《しゅうちゅう》させるけれど、そのたびにバントのかまえをとられて、コントロールを乱《みだ》された。

けっきょく、

「フォアボール」

ボールカウントが四《よっ》つになると赤鬼《あかおに》がそういって、松永久秀《まつながひさひで》には一塁《るい》に歩《ある》かれてしまう。

「ああ……。ノーアウトのランナーを……」

『おちついてよ、むこうも必死《ひっし》なんだよ。地区《ちく》の統一《とういつ》がかかってるんだから』

か細《ぼそ》い声《こえ》のぼくを、ヒカルがなだめる。

『虎太郎《こたろう》クン、だいじょうぶだよ。まだ勝《か》ってるんだから。ランナーが一塁《るい》にでただけ。虎太郎《こたろう》クンがそんなんじゃ、はじまんないよ。ね？』

『——うん』

こころの中《なか》はおだやかじゃなかったけど、でも、おちつかなきゃどうにもならない。ぼくはマウンドの土《つち》を足《あし》でならして、前《まえ》をむいた。

打席《だせき》にたつ二番《ばん》バッターの山本勘助《やまもとかんすけ》は、はやくもバントのかまえだ。

ただ、これは松永久秀《まつながひさひで》の「バントやるやる詐欺《さぎ》」とちがって、きちんとした送《おく》りバントだろう。

ここでランナーを二塁《るい》に送《おく》られると、マズいことになる。

ぼくはなんとか失敗《しっぱい》させようと、バントのやりにくい内角《ないかく》へ、カーブを投《な》げる。

山本勘助《やまもとかんすけ》はバットへあてはしたものの、それは三塁線《るいせん》への強《つよ》いゴロになった。こちらのねらいどおりだ。

よし、これなら二塁《るい》で松永久秀《まつながひさひで》をアウトにできる。うまくいけばゲッツーだ！

ぼくはホッと胸《むね》をなでおろすけど、しかし、打球《だきゅう》を処理《しょり》したサードの伊達政宗《だてまさむね》が、まさかのお手玉《てだま》！

「うわっ！」

なんでこんなときに！　頭《あたま》の中《なか》に、前《まえ》のチームにいたときのことがよみがえる。

伊達政宗《だてまさむね》はあわててボールを持《も》ちなおし、一塁《るい》に送球《そうきゅう》しようとするけど、それはもうまにあわない。山本勘助《やまもとかんすけ》は一塁《るい》をかけぬけていた。

「なんで……」

ぼくは絶望《ぜつぼう》のあまり、その場《ば》にたちつくす。ノーアウトで一、二塁《るい》。しかもむかえるのはクリーンアップ。

ワンヒットで同点《どうてん》。長打《ちょうだ》なら逆転《ぎゃくてん》されてしまう。フライですら深《ふか》いところなら進塁《しんるい》されるし、たとえゴロを打《う》たせても、ゲッツーなんてとれる保証《ほしょう》がない。

三者連続《しゃれんぞく》で三振《さんしん》をとらなくちゃいけない。でも、この重《おも》い肩《かた》でそれができるか？

ああ、どうしたらいいんだ。リードはたった一点《いってん》しかないのに。状況《じょうきょう》は、絶望的《ぜつぼうてき》だ。

「すまない」

伊達政宗《だてまさむね》が、ピッチャーマウンドに近《ちか》よってきてあやまった。

ぼくはうつむいたまま、だまってボールを受《う》けとる。すると伊達政宗《だてまさむね》は、しゅんとしてサードの守備位置《しゅびいち》にもどっていった。

――アテにしたぼくが悪《わる》いんだ。やっぱり守《しゅ》備《び》なんて信《しん》頼《らい》しちゃいけない。自《じ》分《ぶん》にいいきかせていると、いつのまにかせなかにいた信《のぶ》長《なが》が、

「虎《こ》太《た》郎《ろう》よ」

と、ぼくへ声《こえ》をかけてくる。

「なにをかんちがいしておる？　信《しん》頼《らい》とは、たったいちどのエラーでくずれてしまうものなのか？　それほどもろいものなのか？」

「でも、さっきのは……」

「聞《き》けい！」

信《のぶ》長《なが》は腕《うで》をくみ、落《らく》雷《らい》のような声《こえ》を、ぼくの頭《ず》上《じょう》でひびかせた。

「よいか。たしかにさきのエラーは、伊《だ》達《て》政《まさ》宗《むね》のミスじゃ。だが、決《けっ》してエラーをしない者《もの》など、どこにおる？　貴《き》様《さま》はこれまで、なんの失《しっ》敗《ぱい》もせずに生《い》きてきたのか？」

ぼくはだまって、信《のぶ》長《なが》から目《め》をそらした。

「たしかに貴《き》様《さま》は、試《し》合《あい》前《まえ》とくらべて野《や》手《しゅ》をアテにはしておるようじゃ。だがそれは仲《なか》間《ま》の守《しゅ》備《び》だけを必《ひつ》要《よう》としているにすぎぬ。そんなものは信《しん》頼《らい》と呼《よ》べん」

「……だって……」

ぼくは目《め》をふせたまま、抗議《こうぎ》する。

「信《しん》じて、たよりにしちゃったら裏切《うらぎ》られるよ。話《はな》したでしょ？　前《まえ》のチームで……」

「ほう？　だからなんじゃ？　裏切《うらぎ》られたから、これからさき、ずっとひとりでプレーするのか？」

いって信長《のぶなが》はぼくをにらむ。その迫力《はくりょく》に、ぼくは肩《かた》をすくませた。

「貴様《きさま》のようにこころが弱《よわ》い者《もの》は、その臆病《おくびょう》ゆえに仲間《なかま》をひととして信頼《しんらい》できぬ。だが強《つよ》い者《もの》は、仲間《なかま》をどう信《しん》じるか知《し》っておるものだ。虎太郎《こたろう》よ、貴様《きさま》の弱気《よわき》は、仲間《なかま》を信《しん》じないゆえに生《う》まれたもの。誰《だれ》かを信頼《しんらい》して、裏切《うらぎ》られるのがこわいだけ。ただの臆病者《おくびょうもの》じゃ」

「そ、そんな……」

「たしかに、理由《りゆう》はどうあれ裏切《うらぎ》りを受《う》けたことは辛《つら》かったろう。だがずっと弱気《よわき》なピッチングをつづけ、そこでたちどまるのか？　すすむのをこわがっているなら、それは臆病《おくびょう》者《もの》ではないか」

信長《のぶなが》はぼくの肩《かた》に手《て》をおいた。

「よいか。真《しん》の武士《ぶし》はひとを裏切《うらぎ》らぬ。我《われ》らを信《しん》じ、勇気《ゆうき》を持《も》って前《まえ》にでてみよ。たちどまるな。臆病《おくびょう》なこころなど、ぶちこわしてしまえ」

そういいのこすと、信長《のぶなが》はくるりとまわってせなかを見《み》せた。

「で、でも、そんなの、どうすればいいのかわからないよ。いまだって肩《かた》が重《おも》くて、もういっぱいいっぱいなのに！」

ぼくは信長《のぶなが》のせなかにむかって、すがるように声《こえ》をしぼる。

「信頼《しんらい》を力《ちから》に変《か》えて、それを球《たま》にこめるのだ。みな、きっとわかってくれる」

信長《のぶなが》は一塁《るい》にむかって歩《ある》きながら、ふりかえりもせずにそうこたえた。

――信頼《しんらい》を、力《ちから》に？

『そうだよっ。虎太郎《こたろう》クン、信長《のぶなが》さんのいうとおり！』

ヒカルの声《こえ》が頭《あたま》にひびく。

『どういうこと？』

『あのね、うまくいえないからだまってたんだけど、信長《のぶなが》さんの話《はなし》、あたしもわかるの。ひとりひとりの力《ちから》って、弱《よわ》いものだよ。そんなんじゃ、こころだって弱《よわ》いまま。でもみんなで力《ちから》をあわせたら、きっと強《つよ》くなれる。そうしてみんなで強《つよ》くなったら、きっと弱気《よわき》なこころなんてふっ飛《と》ぶよ！』

ヒカルは興奮《こうふん》気味《ぎみ》にそう話《はな》して、

『ねえ、こわがりな自分《じぶん》なんて、こわしちゃおうよ、虎太郎《こたろう》クン』

と、言葉《ことば》をむすんだ。その声《こえ》は、ぼくの胸《むね》につきささる。

たしかにぼくは、チームメイトに守備《しゅび》の技術《ぎじゅつ》だけを求《もと》めていた。助《たす》けあう仲間《なかま》とは見《み》ていなかった。

ぼくは、自分《じぶん》にたりていなかったものを自覚《じかく》した。

バカだったと、思《おも》いしった。

『だからね、虎太郎《こたろう》クン。なんていうか……』

『ヒカル、もういいよ、わかった』

『……怒《おこ》っちゃった？　でも』

『怒《おこ》ってない。――ありがとう』

ぼくは頭《あたま》の中《なか》でそう返事《へんじ》をする。そしてベンチを見《み》つめると、ヒカルがほっぺたをちょっと赤《あか》くして、うつむいた。

そうだ。ヒカルのいうとおりだ。

――でも、できるか？　これまで仲間《なかま》のことを信《しん》じなかったぼくが、みんなから信頼《しんらい》してもらうことなんて。

いや、やらなきゃいけない。投球《とうきゅう》で、それを見《み》せるんだ。

『肩《かた》、痛《いた》いんだよね。ごめんね、無理《むり》なことといって』

『肩《かた》は、まだだいじょうぶ。それに、無理《むり》なんかじゃないよ』

いま、こころに感《かん》じているこれを、強《つよ》さに変《か》えるんだ。信長《のぶなが》にヒカル、それに仲間《なかま》たちが、それを教《おし》えてくれた。

いくぞ！　今度《こんど》こそ、本当《ほんとう》のチームプレーだ！

ぼくは、キッとバッターボックスをにらみつける。

つづく打者《だしゃ》は明智光秀《あけちみつひで》。さっき打《う》たれた相手《あいて》だ。

キャッチャーは、外《そと》のカーブをぼくに要求《ようきゅう》した。打《う》たせてとる球《たま》だ。

さっきまでのぼくなら、きっと首《くび》をよこにふった。

だけど、ぼくは思《おも》いきってそこに投《な》げてみることにした。ぼくはキャッチャーにむかってうなずいた。

明智光秀《あけちみつひで》は、じっとぼくを見《み》ている。

——いままでのぼくと思《おも》うなよ。

ぼくは足《あし》をふみこんで、手《て》を思《おも》いっきりしならせた。そして指先《ゆびさき》に神経《しんけい》を集中《しゅうちゅう》させて、キャッチャーミットへむかって球《たま》を投《な》げた。

球《たま》は思《おも》いどおりのコースをえがいて、キャッチャーミットへむかっていく。

——守《まも》ってるみんなは、この球《たま》をどんなふうに見《み》てるかな。

もしできるなら、ここへ投《な》げたことに、ぼくからの気持《きも》ちを感《かん》じてほしいなと思《おも》う。

明智光秀《あけちみつひで》は、いつもとちがうボールにおもわずバットを反応《はんのう》させる。だけどでてきたのは、

「クソッ！」

というくやしさのこもった言葉《ことば》だった。

打《う》たれた球《たま》はボテボテのあたりでショートゴロ。

頭《あたま》の中《なか》では『やった！』というヒカルの声《こえ》が聞《き》こえる。

ぼくは息《いき》をのんで、うしろを守《まも》るそれぞれの守備《しゅび》を見《み》ていた。

「虎太郎《こたろう》クン、覚悟《かくご》は見《み》せてもらった！」

ショートの毛利元就《もうりもとなり》がそういって、球《たま》を処理《しょり》すると、

「まかせるでござる！」

真田幸村《さなだゆきむら》がセカンドベースをふみ、矢《や》のような球《たま》を信長《のぶなが》に送《おく》る。

それは期待以上《きたいいじょう》の、理想的《りそうてき》な連携《れんけい》だった。さっきのピッチングに、みんながなにかを感《かん》じとってくれたと思《おも》うのは、ぼくの勝手《かって》な思《おも》いこみだろうか。

「……ふん。まあまあじゃな」

信長《のぶなが》は一塁《るい》ベースをふんで、真田幸村《さなだゆきむら》からの送球《そうきゅう》をグラブで受《う》けとめる。

全員《ぜんいん》で完成《かんせい》させた完璧《かんぺき》な守備《しゅび》に、ファーストランナーの山本勘助《やまもとかんすけ》はもちろん、打《う》った明《あけ》智光秀《ちみつひで》もまにあわない。ゲッツーの完成《かんせい》だ！

『すごいよ、虎太郎《こたろう》クン！　いままでと、なんだかちがう！』

ヒカルが興奮《こうふん》して、話《はな》しかけてくる。

『ヒカルや信長《のぶなが》さんのおかげだよ。ありがとう』

これがきっと毛利元就《もうりもとなり》がいっていた、本当《ほんとう》の意味《いみ》での団結《だんけつ》の力《ちから》。

信長《のぶなが》のいっていた、力《ちから》に変《か》えた信頼《しんらい》だ！

ぼくのこころの中《なか》から、なにかがこみあげてくる。自分《じぶん》とチームメイトがひとつにつながった感覚《かんかく》があった。

こころ強《づよ》いとか、そんなのじゃない。いま、チームが大《おお》きなひとつになれた気《き》がする。

「往生際《おうじょうぎわ》が悪《わる》いのう。だが、まだ安心《あんしん》するにははやいぞ」

つぎの打者《だしゃ》、武田信玄《たけだしんげん》が、バッターボックスからぼくにいう。

たしかにツーアウトはとったけど、ランナーは三塁《るい》に進塁《しんるい》していて、まだゆだんはできない状況《じょうきょう》だ。

「ついに決着《けっちゃく》のときだ、虎太郎《こたろう》よ」

信玄《しんげん》が軍配《ぐんばい》バットをぼくにむける。そして勝負《しょうぶ》の開始《かいし》を宣言《せんげん》するように、大《おお》きな声《こえ》をあげた。

「この武田信玄《たけだしんげん》をおさえれば、お主《ぬし》たちファルコンズの勝《か》ち。ワシが打《う》ったら同点《どうてん》。もしホームランなら、ワシらサンダースの勝《か》ちじゃ」

「のぞむところだよ。ホームランを打《う》たれた借《か》りは、いまかえす。もうさっきまでのぼくじゃない」

いままでにない感情《かんじょう》を胸《むね》に、ぼくは信玄《しんげん》に言葉《ことば》をつきかえす。

「ほう？」

武田信玄《たけだしんげん》はニヤリとわらう。

「たしかに威勢《いせい》はよくなったようじゃ。だがさっきから見《み》ておると、だいぶ肩《かた》もつかれてきておるようだが」

「たしかにね、でも」

――でも、あらたに手《て》にいれた武器《ぶき》もある。

「いくよ。さいごの勝負《しょうぶ》だ」

ぼくはそういって、セットポジションをとった。

そして腕《うで》をふりかぶり、第一球《だいいっきゅう》を投《な》げる。

それは真《ま》ん中低《なかひく》めにきまり、ストライク。

ただ、武田信玄《たけだしんげん》は第一打席《だいだせき》と同《おな》じく、じっとその球筋《たますじ》を見《み》ていた。最初《さいしょ》からふる気《き》もなかったみたいだ。

「もう通用《つうよう》しないよ、そんなの。あまく見《み》ないで」

もういちどいってみると、

「ふふん。これは儀式《ぎしき》のようなもの。それよりも」

そういって、武田信玄《たけだしんげん》は軍配《ぐんばい》バットをたてた。

「やはりそうとう、つかれとるようじゃ」

「……あまく見《み》ないでって」

ぼくはもういちどふりかぶる。

「いってるだろっ！」

そして思《おも》いっきり、第二球《だいにきゅう》を投《な》げた。

今度《こんど》は外《そと》の中段《ちゅうだん》。さっきまでなら、投《な》げなかったコースだ。さあ、軍配《ぐんばい》バットをふってみろ。ゴロでも打《う》てばいい！

「うぬっ！」

信玄《しんげん》の軍配《ぐんばい》バットは反応《はんのう》したけど、それは途中《とちゅう》でとめられた。球《たま》はキャッチャーミットにおさまってストライク。これでノーボールツーストライク。

「よくバットをとめられたね」

ぼくは信玄《しんげん》を見《み》たまま、ボールを受《う》けとる。

「……フン。たしかにさっきまでとはちがうようじゃ。だが」

信玄《しんげん》は軍配《ぐんばい》バットをたて、ぼくをにらむ。

「つぎは通用《つうよう》せん。かならず打《う》つ」

「ぜったいに打《う》たせない。いくよ、信玄《しんげん》さん。この一球《いっきゅう》できめる」

ぼくも信玄《しんげん》をにらみかえす。

そしてかまえをとって、両腕《りょううで》を頭《あたま》の上《うえ》に持《も》っていった。

よけいなことは考《かんが》えなかった。味方《みかた》を信《しん》じることは、意識《いしき》しなくても自然《しぜん》にできていた。

さっきのゲッツーで、ふっきれるものがあったと思《おも》う。

そして仲間《なかま》を信《しん》じられるようになったぼくには、投《な》げるコースがたくさんふえていた。

あそこも、ここも、そこに投《な》げてもアウトにできる。

ひとりで三振《さんしん》をねらっていたときとはちがう。仲間《なかま》を便利《べんり》な守備陣《しゅびじん》だと思《おも》っていたときとも、ぜんぜんちがう。

これは、あたらしく手《て》にいれたぼくの力《ちから》。

そう、いまこそぼくの、弱《よわ》いこころをこわすときだ！

「いくぞ！」

たしかに、つかれた肩《かた》では球威《きゅうい》はでない。だけど、それはもう問題《もんだい》じゃない。投《な》げる角度《かくど》も、指《ゆび》のひっかかりも、流《なが》れていく投球《とうきゅう》フォームも。そんなことは、いままでの練習《れんしゅう》で体《からだ》が覚《おぼ》えてくれているはずだ。

いま、持《も》つべきなのは信《しん》じる気持《きも》ち。

ぼくは大《おお》きくステップをふむ。そしてねらいのコースに、胸《むね》をひっぱって思《おも》いっきりボールを投《な》げた。

「ここに投《な》げてきおったか！」

むかってくる球《たま》を見《み》た信玄《しんげん》は、軍配《ぐんばい》バットをふりだした。

だけど、芯《しん》でとらえられるか？　いや、無理《むり》だね！　だってあれは、ぼくのぜんぶをこめた球《たま》なんだから。

ぼくは確信《かくしん》していた。わかっていたといいかえてもいい。

ボールは射《い》られた矢《や》のように、地面《じめん》をはっていく。

そしてそれは信玄《しんげん》がふった軍配《ぐんばい》バットに、
キィン！

と、音《おと》を鳴《な》らせてぶつかった。

だけど、ひびいたそれは快音《かいおん》とはほど遠《とお》くて、軍配《ぐんばい》バットの上面《じょうめん》にあてられただけの、鈍《にぶ》いものだった。

ボールはゆらゆらと舞《ま》いあがり、そして一塁《るい》の信長《のぶなが》のもとへおちていく。

誰《だれ》もがその行方《ゆくえ》を見守《みまも》る中《なか》、信長《のぶなが》はニヤリとわらい、

「ようやった、虎太郎《こたろう》」

と、そのフライをグラブの中《なか》で受《う》けとった。それを目《め》にしたとき、自分《じぶん》のこころにあった壁《かべ》が、がらがらとくずれた気《き》がした。

「ゲームセット！」

「ありがとう、みんな」

試合後《しあいご》のグランド。ぼくはピッチャーマウンドにたっていた。そしてならんだ戦国武将《せんごくぶしょう》たちを前《まえ》にして、お礼《れい》をいう。

「なんの、いい勝負《しょうぶ》ができた。こっちこそ感謝《かんしゃ》しておる」

秀吉《ひでよし》がみんなを代表《だいひょう》するようにこたえた。だいぶ見《み》なれたつもりだけど、やっぱりサルそっくりだなあと、こんなときまでそう思《おも》った。

「また地獄《じごく》へきたときは、ともに野球《やきゅう》をしようではないか。待《ま》っておるぞ」

謙信《けんしん》がいった。こんなところで待《ま》たれても困《こま》ってしまう。

「お主《ぬし》のさいごの球《たま》、あれは謙信以上《けんしんいじょう》じゃったかもしれん。また対戦《たいせん》したいのう」

信玄《しんげん》も腕《うで》をくんで、わらってくれる。

「虎太郎《こたろう》よ」

そしてさいごに信長《のぶなが》が、ぼくの前《まえ》にたった。

「試合前《しあいまえ》と試合《しあい》のあとでは、おまえの顔《かお》がちがう。現世《げんせ》でのさいごの試合《しあい》、たしか負《ま》けておったな？」

OKEHAZAMA
Falcons

「……うん」

「なら、つぎは勝《か》てるように投《な》げるんじゃ。やりかたは、わかったであろう？　……見《み》ておるぞ」

そういいのこし、信長《のぶなが》はぼくにせなかを見《み》せた。

――わかってる。ぼくはこころの中《なか》で返事《へんじ》をした。

「じゃあ、いい？　いまから生《い》きかえらせるよ？」

ヒカルがそういって、羽《はね》をパタパタとはためかせた。するとマウンドの土《つち》が、だんだんとまきあがっていく。

「……うん。いろいろありがとう。お別《わか》れだね、ヒカル」

ぼくはヒカルにお礼《れい》をいう。ちょっと涙声《なみだごえ》になってて、かっこ悪《わる》いなと思《おも》った。

「……お別《わか》れじゃない」

ヒカルもいった。その声《こえ》は、ぼくに負《ま》けないくらい涙声《なみだごえ》になってた。

「あたしは、これからも虎太郎《こたろう》クンを見《み》てるよ。野球《やきゅう》で、あ、相手《あいて》に勝《か》つとこ、ずっと見《み》てる」

そこではなをすすって、ヒカルは言葉《ことば》をつづけていく。

「だから虎太郎《こたろう》クンも、あ、あたしたちのこと、たまには思《おも》いだして。お別《わか》れなんていわないで」

ぼくはマウンドからまきあげられた土《つち》につつまれていく。

「これは……?」

「いまだけは、さよならだね。虎太郎《こたろう》クン」

そういってわらったヒカルの表情《ひょうじょう》が、ぼくがさしあたりこの世界《せかい》で見《み》た、さいごの映像《えいぞう》だ。

※

とどめは信長!!

天下統一に向けて値千金の…塁打！

桶狭間 7－6 川中島

1点を追う9回、無死からそれまで3打席凡退の毛利が気をはき、しぶとく中前安打で出塁すると、主砲は心に誓った。「ここでやらねば武士の名がすたる」。

この日、3打席連続三振の汚名を返上するひと振りは値千金の逆転2点本塁打。チームリーダーの面目を保った。

国内屈指のエース本多を怪我で欠く中、掴んだ勝利に桶狭間

織田信長

ナインも手ごたえを感じずにはいられない。7回、好守でピンチを救った豊臣が「負けると思えば負ける、勝つと思えば勝つ。これからも勝ちあるのみぞ」と言えば、この日2安打の前田も「今日のうちはかぶいてたね。このままかぶきっぱなしでいきたいね」と勝利の美酒に酔いしれていた。

しかし、浮かれてばかりはいられない。チームは「天下統一」の目標を掲げて、猛進中。織…は「およそ勝負は時の運に…もので、計画して勝てるも…はない。功名は武士の本意…いっても、そのあり方に…の」とチームを気を引き締…勝利の勢いに乗りつつ、…ない。今のファルコンズ…なし。

地獄新聞

第3種郵便物認可

ヒーローインタビューで天下統一宣言する信長

◇地獄の一丁目スタジアム　3,700人

459回戦　230勝229敗

桶狭間	0	0	5	0	0	0	0	0	2	7
川中島	0	1	0	0	4	0	1	0	0	6

勝山田
敗上杉
本武田①　島津④　織田②

桶狭間は1点差の9回、主砲織田のひと振りで逆転に成功。再三のピンチを抑えた助っ人山田が地獄初完投。川中島はエース上杉が15奪三振の力投も終盤のチャンスを生かせず。

桶狭間	打	安	点	本	率
(右)豊臣秀吉	3	0	1		.000
(中)島津義久	4	1	4	①	.250
(遊)毛利元就	4	1	0		.250
(一)織田信長	4	1	2	①	.250
(二)真田幸村	4	0	0		.000
(捕)徳川家康	4	0	0		.000
(左)前田慶次	4	2	0		.500
(三)伊達政宗	3	0	0		.000
(投)山田虎太郎	2	0	0		.000

川中島	打	安	点	本	率
(中)松永久秀	4	1	2		.250
(二)山本勘助	4	0	0		.000
(遊)明智光秀	5	1	1		.200
(捕)武田信玄	5	2	1	①	.400
(左)今川義元	3	1	0		.333
(三)直江兼続	3	1	0		.333
(右)朝倉義景	4	1	1		.250
(一)真田信之	3	1	1		.333
(投)上杉謙信	4	1	0		.250

	回	打	安	振	球	責

新人助っ人活躍

○山田虎太郎（桶）

ケガのエース本多に代わって初登板初完投
成。「とりあえず、生きて帰れるので今に
としています。今日は味方の守備に助け
した」

伏兵まさかの一発

○島津義久（桶）

おみくじ打法が的中し、値千金の満塁
とえ討ちとられても、敵に向かって死す
いうのが島津の志。運だめしとは度胸
こと」

次戦に向けて虎視眈々

●武田信玄（川）

エース上杉を好リード、打撃でも2回
塁打と攻守に貢献。「戦いは五分の勝
なし、七分を中となし、十分をもって
五分は励みを生じ、七分は怠りを生し
おごりを生ず。今日の敗戦を次に活

気《き》がつくと、ぼくはベッドの上《うえ》でよこになっていた。

体《からだ》には、たくさんのコードやチューブがつなげられている。場所《ばしょ》は、どうも病院《びょういん》みたいだ。コードはピッ、ピッ、と、味気《あじけ》ない音《おと》を鳴《な》らす機械《きかい》につながっている。

体《からだ》は、なんだかとても重《おも》い。あの世界《せかい》ではあたりまえのように投《な》げたり打《う》ったりしていたけど、でもいまは、とてもじゃないけどできそうにない。

——いままでのは、夢《ゆめ》だったんだろうか。妙《みょう》にリアルだったけど。

ぼくは感触《かんしょく》をたしかめようと、手《て》を動《うご》かした。でも体《からだ》に痛《いた》みが走《はし》って、うまく動《うご》かせない。

「いてて……」

そうつぶやくと、そばにいた父《とう》さんと母《かあ》さんが大声《おおごえ》をあげた。そしてふたりにだきつかれると、体中《からだじゅう》に痛《いた》みが走《はし》った。そうだ。たしか車《くるま》にはねられて。

「ぼく、助《たす》かったの？」

聞《き》くと、母《かあ》さんが泣《な》きながら返事《へんじ》をする。

「そうよ、虎太郎《こたろう》。試合《しあい》の帰《かえ》りに車《くるま》にはねられて、たいへんだったんだからね。あなた、寝《ね》ているときに『信長《のぶなが》』とか、『ホームラン』とかいってうなされてて、心配《しんぱい》してたのよ」

どこかで聞《き》いたような話《はなし》である。ぼくはさっきまで見《み》ていた、あの不思議《ふしぎ》な夢《ゆめ》を思《おも》いだした。やっぱり夢《ゆめ》とは思《おも》えなかった。

だってあの世界《せかい》で見《み》た、戦国武将《せんごくぶしょう》たちやヒカルの表情《ひょうじょう》、球《たま》の感触《かんしょく》や感《かん》じていたすべてが、はっきりと記憶《きおく》にのこっているんだから。

「ん？　虎太郎《こたろう》、それはなんだ？」

夢《ゆめ》を思《おも》いだしていると、父《とう》さんがぼくのほっぺたについているなにかを指《ゆび》さした。

「？　なんだろう」

ぼくが手《て》にとって見《み》てみると、それは茶色《ちゃいろ》い土《つち》だった。そう、マウンドにもられていた、あの土《つち》だ。

「土《つち》？　さっきまではなかったのに。どうしてだろう」

父《とう》さんは不思議《ふしぎ》そうに首《くび》をかしげるけど、ぼくにはわかっていた。――やっぱり、夢《ゆめ》なんかじゃない。

ぼくは不思議《ふしぎ》そうにしている父《とう》さんと母《かあ》さんにわらって見《み》せた。ふたりはますます不思《ふし》議《ぎ》そうな表情《ひょうじょう》で、ぼくを見《み》つめる。まあ、無理《むり》もないか。

ぼくはベッドでよこになりながら、あの試合《しあい》を思《おも》いだす。

さいごの球《たま》を投《な》げたとき、こころに感《かん》じたあの気《き》持《も》ち。みんなに教《おし》えてもらったあの気《き》持《も》ちがあれば、ぼくはこれからどんなピンチでだって投《な》げていける。

ぼくはうれしい気《き》持《も》ちでいっぱいになって、窓《まど》の外《そと》を見《み》た。

そこにひろがる空《そら》はあの世界《せかい》とはちがって青《あお》く晴《は》れわたり、それはどこまでもつづいていた。

そして、そこにはやわらかい雲《くも》がひとつ、風《かぜ》に流《なが》されながら、のんきにうかんでいる。

その雲《くも》はさいごに見《み》た、ヒカルのあのやさしい顔《かお》にそっくりだった。

終章《しゅうしょう》　信長《のぶなが》の教《おし》えを胸《むね》に

	1	2	3	4	5	6	7	8	9	計	H	E
桶狭間	0	0	5	0	0	0	0	0	2	7	4	1
川中島	0	1	0	0	4	0	1	0	0	6	9	0

OKEHAZAMA Falcons

1	豊臣	秀吉	右
2	島津	義久	中
3	毛利	元就	遊
4	織田	信長	一
5	真田	幸村	二
6	徳川	家康	捕
7	前田	慶次	左
8	伊達	政宗	三
9	山田虎太郎		投

B
S
O

UMPIRE

CH	1B	2B	3B
赤	青	黄	緑
鬼	鬼	鬼	鬼

Kawanakajima Thunders

1	松永	久秀	中
2	山本	勘助	二
3	明智	光秀	遊
4	武田	信玄	捕
5	今川	義元	左
6	直江	兼続	三
7	朝倉	義景	右
8	真田	信之	一
9	上杉	謙信	投

現世《げんせ》

あの試合《しあい》から数ヶ月後《すうかげつご》。とある大会《たいかい》の決勝戦《けっしょうせん》。

むかえたバッターは相手《あいて》の四番《ばん》。一点差《いってんさ》でワンナウト一塁《るい》。一打逆転《だぎゃくてん》の大《だい》ピンチだけど、

――とれるところに打《う》たせたら、あとは仲間《なかま》がなんとかしてくれる！

ぼくは自分《じぶん》の中《なか》に、メラメラと燃《も》える気持《きも》ちを持《も》って打者《だしゃ》にむかう。

ねらうのはもちろんゲッツー。みんなを信《しん》じて。

ぼくは仲間《なかま》を見《み》わたしてからセットポジションをとる。そして強《つよ》い気持《きも》ちを持《も》ってステップをふみ、腕《うで》をしならせた。

投《な》げた球《たま》はねらいどおりのコースを走《はし》り、相手《あいて》の中途半端《ちゅうとはんぱ》なスイングをさそった。そしてあてられただけの打球《だきゅう》はセカンドへ。チームメイトはそこからゲッツーを完成《かんせい》させて、

「ゲームセット！」

球審《きゅうしん》が腕《うで》をふりあげる。

「よっし！」

ガッツポーズで、ぼくは勝利《しょうり》の雄叫《おたけ》びをあげた。

するとチームメイトがつぎつぎ集《あつ》まってきて、ぼくの肩《かた》や腕《うで》をたたいていく。ぼくは手《て》荒《あら》い歓迎《かんげい》にわらってこたえて、ベンチに腰《こし》をおろした。

「いい投球《とうきゅう》だった。ようやく、ピッチングがわかってきたな。ひとり相撲《ずもう》はバカらしいだろう」

となりから、監督《かんとく》が声《こえ》をかけてくる。

さすがにぼくの球《たま》をいつも見《み》ているだけあって、ちがいがすぐにわかるみたいだ。ぼくは監督《かんとく》に、わらっていった。

「そうですね。いろんなひとに教《おし》えられて、ちょっとだけわかった気《き》がします。監督《かんとく》や仲《なか》間《ま》だけじゃなくて、ちがうひとにも教《おし》えてもらったんです」

「ほう、そのひとはどういっていた？　今後《こんご》の参考《さんこう》にしたい」

意外《いがい》そうな顔《かお》で、監督《かんとく》は聞《き》いてきた。

なんてこたえようかな。

ぼくはちょっとだけ考《かんが》えてから、あの世界《せかい》で見《み》た、信長《のぶなが》の口調《くちょう》をまねてこたえてみる。

「えっと、いつもこわい顔《かお》をしていて、それで、『臆病《おくびょう》なこころなど、ぶちこわしてしまえ』って、そういってました」

こたえを聞《き》いた監督《かんとく》は首《くび》をかしげる。

「おまえはよくわからんことで目覚《めざ》めたりするんだな。まあ、いい。ほら、相手《あいて》チームとあいさつだ。いくぞ」

監督《かんとく》はちょっとだけわらって、グランドにもどっていく。

ぼくは監督《かんとく》のうしろについていきながら、上《うえ》をむいて空《そら》をながめた。そしてさいごに、青《あお》い空《そら》へむかってガッツポーズをしてみた。

みんな、むこうで見《み》てるかな。弱《よわ》いこころをこわせたぼくを。見《み》ていてくれたら、うれしいな。

そう考《かんが》えていると、頭《あたま》の中《なか》に声《こえ》が聞《き》こえる。

『よくやった！』

それは信長《のぶなが》の、はじめて聞《き》くやさしい声《こえ》だった。

本作品《ほんさくひん》に登場《とうじょう》する歴史上《れきしじょう》の人物《じんぶつ》のエピソードは諸説《しょせつ》ある伝記《でんき》から、物語《ものがたり》にそって構成《こうせい》しています。

集英社みらい文庫

戦国《せんごく》ベースボール

信長《のぶなが》の野球《やきゅう》

りょくち真太《しんた》　作

トリバタケハルノブ　絵

ファンレターのあて先
〒101-8050　東京都千代田区一ツ橋2-5-10　集英社みらい文庫編集部
いただいたお便りは編集部から先生におわたしいたします。

2015年 5月6日　第1刷発行
2019年11月6日　第18刷発行

発行者　北畠輝幸
発行所　株式会社 集英社
〒101-8050　東京都千代田区一ツ橋2-5-10
電話　編集部 03-3230-6246
読者係 03-3230-6080
販売部 03-3230-6393(書店専用)
http://miraibunko.jp
装丁　小松 昇(Rise Design Room)　中島由佳理
印刷　大日本印刷株式会社　凸版印刷株式会社
製本　大日本印刷株式会社

ISBN978-4-08-321261-1　C8293　N.D.C.913　188P　18cm

なにがなんでも
勝《か》ちすすめ!!
OKEHAZAMA

「みらい文庫《ぶんこ》」読者《どくしゃ》のみなさんへ

言葉《ことば》を学《まな》ぶ、感性《かんせい》を磨《みが》く、創造力《そうぞうりょく》を育《はぐく》む……、読書《どくしょ》は「人間力《にんげんりょく》」を高《たか》めるために欠《か》かせません。
たった一枚《いちまい》のページをめくる向《む》こう側《がわ》に、未知《みち》の世界《せかい》、ドキドキのみらいが無限《むげん》に広《ひろ》がっている。
これこそが「本《ほん》」だけが持《も》っているパワーです。

学校《がっこう》の朝《あさ》の読書《どくしょ》に、休《やす》み時間《じかん》に、放課後《ほうかご》に……。いつでも、どこでも、すぐに続《つづ》きを読《よ》みたくなるような、魅力《みりょく》に溢《あふ》れる本《ほん》をたくさん揃《そろ》えていきたい。読書《どくしょ》がくれる、心《こころ》がきらきらしたり胸《むね》がきゅんとする瞬間《しゅんかん》を体験《たいけん》してほしい、楽《たの》しんでほしい。みらいの日本《にほん》、そして世界《せかい》を担《にな》うみなさんが、やがて大人《おとな》になった時《とき》、「読書《どくしょ》の魅力《みりょく》を初《はじ》めて知《し》った本《ほん》」「自分《じぶん》のおこづかいで初《はじ》めて買《か》った一冊《いっさつ》」と思《おも》い出《だ》してくれるような作品《さくひん》を一所懸命《いっしょけんめい》、大切《たいせつ》に創《つく》っていきたい。

そんないっぱいの想《おも》いを込《こ》めながら、作家《さっか》の先生方《せんせいがた》と一緒《いっしょ》に、私《わたし》たちは素敵《すてき》な本作《ほんづく》りを続《つづ》けていきます。「みらい文庫《ぶんこ》」は、無限《むげん》の宇宙《うちゅう》に浮《う》かぶ星《ほし》のように、夢《ゆめ》をたたえ輝《かがや》きながら、次々《つぎつぎ》と新《あたら》しく生《う》まれ続《つづ》けます。

本《ほん》を持《も》つ、その手《て》の中《なか》に、ドキドキするみらい――。
本《ほん》の宇宙《うちゅう》から、自分《じぶん》だけの健《すこ》やかな空想力《くうそうりょく》を育《そだ》て、〝みらいの星《ほし》〟をたくさん見《み》つけてください。
そして、大切《たいせつ》なこと、大切《たいせつ》な人《ひと》をきちんと守《まも》る、強《つよ》くて、やさしい大人《おとな》になってくれることを心《こころ》から願《ねが》っています。

2011年《ねん》　春《はる》

集英社《しゅうえいしゃ》みらい文庫編集部《ぶんこへんしゅうぶ》